손절 마니아

초판 1쇄 발행 2026년 3월 31일

글 지혜진

편집장 천미진 | **편집책임** 최지우 | **편집** 김현희
디자인책임 최윤정 | **마케팅** 한소정 | **경영지원** 한지영

펴낸이 한혁수 | **펴낸곳** 도서출판 다림 | **등록** 1997. 8. 1. 제1-2209호
주소 07228 서울시 영등포구 영신로 220 KnK 디지털타워 1806호
전화 02-538-2913 | **팩스** 070-4275-1693 | **전자 우편** darimbooks@hanmail.net
블로그 blog.naver.com/darimbooks | **다림 카페** cafe.naver.com/darimbooks

© 지혜진 2026

ISBN 978-89-6177-366-9 (43810)

이 책은 서울특별시, 서울문화재단 '2026년 창작집 발간지원 사업'의 지원을 받아 발간되었습니다.

손절[×] 마니아

지혜진 장편 소설

다림

#우리의 15초는 충분한가요?

우리의 뇌는 7초만에 상대방이 호감인지 아닌지를

판단한다고 합니다.

우리가 자주 보는 숏폼에서는 15초 안에

상대에 대해 호불호를 빠르게 결정해야 한다고 말합니다.

불호가 하나라도 보이면 당장 잘라 내라고 재촉합니다.

그리고 혼자가 된 '나'는 외로워서도 안 된다고 합니다.

정말 7초면, 15초면 상대의 모든 것을 알 수 있을까요?

나 역시 누군가에게 15초 안에 평가 대상이 된다면 어떤가요?

나를 다 보여 주지도 못했는데 나를 미리 판단해 버린다면요.

우리가 소중히 간직해야 할 관계는

정말 이렇게 빨리 결정될 수 있는 걸까요?

모두와 맞지 않으니 모두를 삭제하고

나는 정말 괜찮을 수 있는 걸까요?

물론 정답은 없습니다. 예외도 있을테고요.

하지만 오늘만큼은 서로를 이해하기까지

15초는 충분하지 않다고 믿는 여러분과

이야기 나누고 싶습니다.

서툴지만 차곡차곡 쌓아 온 날들 속에서 마음을 주고받고,

서로를 이해하기 위해 애썼던 시간들에 대해서요.

어쩌면 그것이 진짜 나를 지키는 방법이 될 수도 있으니까요.

차례
___

작가의 말 …6

관계는 15초 ×

중3이 되기 전 겨울 방학, 엄마는 나를 버스로 몇 정거장 떨어진 영어 전문 학원에 보냈다. 거기서 중1 때 같은 반이었지만, 그다지 친하지 않았던 강지나와 같은 반이 되었다. 나와 같은 교복을 입은 아이는 강지나가 유일했다. 하루에 단어 150개를 외워야 하고, 숙제를 다 하지 못하면 다음 날 숙제가 두 배로 불어나는 이곳에서, 어쨌건 공감대가 맞는 친구를 만났다는 건 불행 중 다행이었다.

우리는 수업 중, 학원 선생님의 지루한 잔소리에 눈짓을 주고받으며 동지애를 나눴다. 집으로 가는 길에 선생님 말투를 흉내 내고 불평을 털어놓는 건, 그날의 스트레스를 푸는 방법이기도 했다.

"나가서 기다리고 있어. 금방 나갈게."

그런데 강지나는 학원 수업이 끝나면 항상 저렇게 말을 했다. 한동안은 별생각 없이 학원 밖에서 열심히 강지나를 기다렸다. 방학 중에는 시간이 널널해서 몰랐다. 하지만 3학년이 되자 새 학기 적응도 버거운데, 밤 8시가 넘도록 집에도 못 가고 기다리는 시간이 아깝게 느껴졌다. 이런 내 마음도 모르고 일주일 중 월, 수, 금 주 3회 수업이 끝날 때마다 강지나는 똑같은 말을 했다.

3월의 밤 8시는 여전히 깜깜하고 춥기만 했다. 어떤 애들은 부모님 차를 타고 갔고, 어떤 애들은 다시 학원 버스를 탔다. 모두들 서둘러 이동하는 시간에, 나는 강지나를 기다렸다. 학원이 끝나는 시간에 맞춰 저녁밥을 차려 놓고 기다리는 엄마에게 연락이 와도 곧 갈 거라고 시큰둥하게 답했다.

"금방 나갈게. 밖에 나가 있어."

그날도 강지나는 내게 같은 말을 했다. 나는 밖으로 나와 휴대폰을 통해 '금방'이라는 단어를 검색해 봤다. 내가 아는 '금방'과 강지나가 아는 '금방' 사이의 차이가 뭘까 궁금했다. 하지만 사전의 설명은 내가 알고 있는 것과 다르지 않았다.

유튜브를 켰다. 나는 요즘 인간관계와 관계심리학에 관한 쇼츠나 릴스를 즐겨 본다. 그래서인지 알고리즘이 나를 깊은 정보 속으로 이끌었다. 그중 현명한 인간관계의 첫걸음은 '깨달음'이라는 섬네일의 쇼츠가 눈에 들어왔다.

'왜 이유도 모른 채 내가 여기서 기다리고 있는 걸까?'

문득 그런 깨달음이 들었다. 강지나가 내려오지 않고 뭘 하는지 궁금했다. 나는 엘리베이터를 타고 5층으로 올라갔다. 엘리베이터에서 내려 오른쪽으로 꺾으면 복도 끝에 영어 학원이 있다. 복도를 돌자마자 강지나가 보였다. 강지나 옆에 다른 중학교 교복을 입은 남자애가 서 있었다. 강지나는 어쩐지 들떠 보였고 그 애는 곤란해 보였다. 강지나가 가방에서 작은 쇼핑백 하나를 꺼내 그 애에게 내밀었다. 그 애는 받지 않겠다고 손을 저었다. 강지나가 계속 쇼핑백을 들이밀자 그 애가 쇼핑백을 받았다. 학원 건물 1층에 있는 카페 쇼핑백이었다. 분명 저 안에 휘낭시에와 마들렌이 들어 있을 것이다. 강지나가 좋아하는 간식이었다. 우린 늘 만나서 학원에 같이 갔는데, 오늘은 일이 있으니 따로 가자고 했다. 혼자 카페에 들러 선물을 사려고 했던 것 같았다.

'뭐야, 쟤랑 시간 보내려고 매번 나를 기다리게 한 거

야?'

　다시 엘리베이터에 탔다. 1층으로 내려가며 인스타그램 '15초 멘탈스낵' 계정에 들어갔다. '이걸 모르면 인간관계에서 갑을병'정'이 됩니다'라는 영상이 일주일에 두 번 올라온다. 무슨 운명의 우연인지 오늘 올라온 15초 영상의 제목은 '당신의 시간을 소중히 생각하지 않는 사람은 당장 손절하세요'였다. 5층에서 1층으로 내려오는 15초 사이, 내 마음이 딱 정해졌다.

　"이건 완전 손절 각이잖아."

　곧장 집으로 가는 버스를 탔다. 뒤따라온 강지나가 나를 부르는 소리가 들렸지만 모른 척했다. 버스에서 내려 곧장 집으로 향했다. 평소엔 조금 더 돌아가더라도 강지나의 집 쪽으로 먼저 가곤 했다. 그렇게 돌아가면 10분이 더 걸린다. 왕복으로 계산하면 20분을 써야 한다. 지금부터 나는 단 15초라도, 내 시간을 함부로 쓰지 않기로 했다.

　가는 길에 휴대폰이 울렸다. 강지나였다. 받을까 말까 고민하다가 통화 버튼을 눌렀다.

　"유민하, 너 어디야?"

　"나 집에 가고 있어."

　"왜? 나 안 기다리고? 아까 네가 탄 버스 바로 뒤에 오는 거 타서 나도 곧 내려."

아무 대답도 하지 않았다.

"아까 정류장에서 너 불렀는데 못 들었어?"

"응, 엄마가 빨리 오라고 해서 정신이 없었어."

최대한 담담한 말투로 대답했다.

"어디쯤이야? 무인 문구점 근처면 기다려. 내가 빨리 갈 게."

무인 문구점은 강지나네 집 근처에 있다. 강지나는 내가 혼자 갈 때도 자기네 집 쪽으로 간다고 생각했던 모양이다.

"거기 우리 집 쪽 아니잖아."

"그래? 항상 이쪽으로 갔잖아."

"잘 가. 먼저 끊을게."

강지나가 먼저 끊을까 봐 서둘러 통화 종료 버튼을 눌렀 다. 손절을 확정 짓는 나만의 의식이었다. 이제 더는 강지나 를 기다리지 않을 거고, 굳이 집에 돌아서 가는 일도 없을 거다. 학교에선 마주치면 인사 정도는 하겠지만, 이미 나는 손절을 선택했으니, 사사로운 대화는 나누지 않을 거다. 학 원에선 공부만 열심히하면 된다. 혹시나 불편해진다 해도 학원을 옮기면 그만이다. 강지나를 손절해도 문제 될 건 전 혀 없다. 같은 반도 아니고, 원래 그다지 친한 사이도 아니었다. 아직 학기 초니까 다른 애들과 친해질 기회는 또 만들면 된다. 그때 엄마에게 전화가 왔다.

"너 어디쯤 왔어? 서림이 벌써 왔는데. 오늘 같이 치킨 시켜 먹기로 했잖아."

강지나를 기다리느라 내 소중한 시간만 낭비했다.

"응, 알아. 금방 갈게."

휴대폰 너머로 이러다 치킨집 문 닫겠다는 현정이 이모의 목소리가 들렸다. 현정이 이모는 서림이의 엄마다. 현정이 이모랑 우리 엄마는 고등학생 때부터 절친이고, 나랑 서림이는 같은 유치원, 같은 초등학교, 중학교에 다니고 있다. 그리고 지금 중3인 우리는 같은 반이 되었다. 강지나 같은 애가 없어도 나에겐 서림이가 있다.

집에 가서 서림이에게 오늘 있었던 일을 말해 줘야겠다. 서림이는 늘 내 말을 끝까지 들어 주는 친구다. 감정적인 나와 달리 침착하고 이성적이라 늘 해결 방식에 중심을 두지만, 그 점에 오히려 믿음이 간다. 서림이는 틀린 말을 하지 않는다. 이 상황은 누가 봐도 강지나의 잘못이니까, 분명 강지나가 문제라고 말해 줄 거다. 학교 애들이 모두 서림이를 신뢰하듯 나도 그렇다.

*

　복도 반대쪽에서 강지나가 걸어오고 있었다. 영어 학원을 월수금 반에서 화목 반으로 옮긴 지 일주일이 지났다. 손절도 했는데 불필요한 대화를 나누고 싶지 않아 못 본 척하고 계단 쪽으로 걸어 내려갔다.

　"유민하, 너 강지나랑 무슨 일 있었지?"

　어디서부터 따라왔는지 조해수가 나를 불렀다.

　"말해 봐. 무슨 일인지. 너 쟤 손절한 거 맞지?"

　내가 말을 하지 않자, 방금도 강지나를 피해 계단으로 내려온 걸 봤다며 대답을 재촉했다.

　"별로 말하고 싶지 않은데."

　나는 이미 강지나를 손절했고, 그게 다였다. 굳이 강지나에 대해 험담을 늘어놓고 싶진 않았다.

　"쟤 명진중 남자애한테 차인 거 알아?"

　"모르는데."

　"왜 몰라? 너 그날 학원 복도에서 봤잖아. 강지나가 선물 내미는 거. 나도 거기서 너 봤는데?"

　조해수는 자기가 포도영어 옆 두잇매쓰 학원에 다닌다고 했다. 강지나를 내적 손절한 날, 조해수는 모든 걸 보고 있었던 거다.

"강지나 쟤 진짜 이기적이지 않아? 나도 당해 봐서 알아. 완전 질렸어."

조해수의 얼굴이 금방 일그러졌다.

"맨날 자기 기분만 중요하고, 남이 배려해 줘도 고마워할 줄도 몰라. 그러니 차였지."

조해수는 꼴좋다고 말하며 입을 삐죽였다.

"너도 강지나랑 무슨 일 있었던 거야?"

조해수가 한숨을 푹 내쉬었다.

"뭐든 자기 위주인 게 쟤 특이잖아."

틀린 말은 아니었다.

"네가 손절한 거 보니까 용기가 나더라. 나도 강지나 손절 했어. 오늘부로!"

"뭐? 날 보고 용기 냈다고?"

"응. 나는 강지나한테 6개월 넘게 끌려다녔는데 넌 빨리 탈출했더라고. 순둥순둥한 줄만 알았는데 의외야. 초딩 때 너 애들이 짓궂게 놀려도 싫다는 말 한마디 못 했잖아."

"내가 그랬다고? 어, 아닌데……."

"뭘 아니래, 맞잖아."

며칠 전 올라온 15초 쇼츠가 생각났다.

당신을 칭찬하는 척하며

단점을 들추는 사람을 조심하세요.

"근데 뭐, 이젠 강지나 같은 애도 손절했으니까. 어디 가서 쉽게 당하진 않을 것 같아."

조해수는 내게 '파이팅'을 외치며 우리가 동지라고 말했다. 그날 조해수가 지켜보는 앞에서 바보 같은 짓을 저지르지 않은 게 다행이었다. 앞으론 누구에게도 손해 보지 않고 얕보이지 않기로, 또 내 자존감은 나 스스로 지키기로 했다. 착하고 여린 애보단, '쉽게 당하지 않는 애' 쪽이 훨씬 듣기 좋았다. 내가 그렇게 보였다는 게 좋았다.

*

며칠 후, 내가 강지나를 손절했다는 사실이 '소문'이 되어 내 귀에까지 들어왔다. 몇몇 애들이 나를 찾아와 강지나에 대한 뒷담화를 늘어놓았다.

"너 강지나 손절했다며? 용자다, 완전."

"그게 무슨 소리야?"

"강지나 자기 멋대로인 거 누가 몰라. 그런데 여기저기서 활동도 많이 하고, 입김도 세니까 다들 손절 못 한 거지. 괜히 손절했다가 따당할까 봐."

찾아온 몇몇 애들이 입을 가리고 웃더니 내 귀에 대고 속삭였다.

"유민하도 했는데, 나라고 못 하겠냐 하면서 줄줄이 다 손절이던데?"

그러고는 뭐가 재밌는지 킥킥 웃으며 자기들끼리 신이 나 보였다. 내 옆에 있던 서림이는 그 애들을 무표정하게 쳐다 봤다.

"네가 다른 애들에게 용기를 줬다 이 말이야."

유민하도 했는데, '도' 했는데……. 좋은 말인지 아닌지 헷갈렸다. 조해수가 퍼뜨린 말이 아닐까 의심이 가기도 했다. 때마침 강지나가 우리 반으로 들어왔다. 정확히 나를 보며 성큼성큼 다가왔다.

"유민하 너 무슨 소문을 내고 다니는 거야?"

"그게 무슨 말이야?"

"내가 이기적이라고, 내가 무조건 너만 기다리게 했다고 퍼트렸어?"

사실이 맞는데 말문이 막혔다.

"너, 나한텐 한 번도 불만 얘기한 적 없었잖아. 왜 인제 와서 뒷말인데?"

강지나는 화가 잔뜩 난 표정이었다. 그런 소문을 낸 건 누구일까? 나는 조해수한테 말한 것이 전부다. 물론 서림이에게도 말하긴 했지만, 서림이는 그런 말을 함부로 퍼트리는 애가 아니다.

"나한테 직접 말하라고."

잘못한 사람이 더 부르르 화를 내니 내가 더 잘못한 것처럼 느껴졌다.

"조해수한테 들었어?"

나만 너를 손절한 게 아니라는 걸 말해 주고 싶었다.

"뭐? 조해수? 조해수가 왜?"

강지나 목소리가 점점 커지자 반 애들이 내 주위로 몰려들었다. 그때 반 애들 중 누군가 하는 말에 강지나 얼굴이 금방 굳어졌다.

"걔가 그러던데? 강지나 네 마음대로 하는 거 이제 질렸다고."

다짜고짜 화를 내는 사람에겐
강력한 한마디면 충분합니다.

어제 본 '인간관계에서 항상 우위에 서는 블랙심리학' 릴스가 생각났다. 모여든 아이들이 다 나를 보고 있었다. 강력한 말 한마디를 꺼내야 할 순간이었다.

"나, 너 손절했어."

"뭐? 손절? 하…… 네가 날?"

내 말에 강지나는 뭐 씹은 얼굴이 되었고, 아이들의 감탄사는 나를 향했다. 분위기가 완전히 나에게로 넘어왔다. 왠지 모르게 짜릿했다. 관계의 비밀이라든지, 나를 지키는 방법이라든지 하는 쇼츠와 릴스를 열심히 본 덕분일까? 조해수 말대로 이건 예전의 나와는 분명 달랐다.

"유민하 네가 뒤에서 이럴 줄 정말 몰랐어."

강지나는 자기편이 하나도 없다는 걸 알았는지 금방이라도 눈물이 툭 터질 것 같았다. 모여든 애들 중에 강지나를 편들어 주는 애는 아무도 없었다. 강지나는 생각보다 더 많은 아이들에게 마음을 잃은 듯했다. 강지나를 손절한 내 선택이 틀리지 않았다는 확신이 들었다.

"이제 그만하자. 곧 수업 종 칠 거야."

서림이가 아이들을 향해 말하자마자 정말 수업 종이 울렸다. 흩어지는 애들 중 한 명이 나를 향해 엄지를 척 하고 올렸다. 뿌듯한 마음이 들던 찰나였다.

"친구도 별로 없는 게, 정서림 하나 믿고 저러는 거 얼마나 가나 보자."

강지나가 쌩하고 돌아섰다. 서림이는 내게 무언가 말을 하려다 멈칫하고는 자기 자리로 돌아갔다.

*

강지나와의 손절 사건으로 나는 꽤 많은 애들한테 관심을 받았다. 강지나가 워낙 센 캐릭터라 더 그런 듯했다. 조해수가 내 덕분에 강지나를 손절할 수 있었다는 말까지 돌았다. 조해수가 나에게 말했으니 그건 사실이다. 아무튼, 조해수가 강지나를 손절하는 바람에 판이 더 커지고 말았다. 아이들의 구미를 더더욱 자극하는 일이었다. 강지나에게 불만을 품고 있었지만, 티 내지 못했던 애들도 하나둘 손절 카드를 내놓았다.

조해수가 '강지나와 손절한 게 내 덕분'이라고 말했을 때, 처음 들었던 생각은 '내가 뭐라고'였다. 내가 강지나를 손절한 건, 다른 사람에게 도움을 주기 위한 일도, 평가를 받기 위한 일도 아니었다. 그저 나 자신을 존중하는 방법 중 하나일 뿐이었다. 결론적으로 나 자신을 존중하니, 다른 사람들도 나를 존중해 주기 시작했다는 거다. 스스로가 기특하게 느껴졌다.

그렇게 강지나를 시작으로, 나의 손절은 계속 이어졌다. 두 번째 손절은 내게 엄지 척을 날린 양미소였다. 양미소는 내가 강지나를 손절할 때의 모습이 이제껏 자기가 보았던 내 모습 중에 가장 빛이 났다고 했다.

낯간지러운 말을 잘도 하는 양미소는 이름처럼 미소가 순진해 보였다. 나쁜 애 같진 않았다. 이제 사람 보는 눈이 생긴 건지, 몇 마디 나눠 보면 그 사람의 성격이 어느 정도 짐작되기도 했다. 양미소는 아이돌, 화장품이나 이성에 대해서는 큰 관심이 없는 듯했다. 그렇다고 공부를 잘하는 것도 아니었는데, 특이하게도 온갖 편의점 신상은 줄줄 꿰고 있었다. 매달 어느 편의점에 어떤 신상 간식이 나왔는지 시시콜콜 나에게 말해 주곤 했다.

"오늘 GO25 편의점에 생과일 샌드위치 나온다는데 같이 가 볼래?"

마침 나는 학원 수업이 없고, 서림이는 있는 날이라 양미소랑 함께 시간을 보내는 것도 나쁘지 않겠다 싶었다. 수업이 끝나자마자 양미소와 학교에서 가장 가까운 GO25 편의점으로 향했다. 새로 나왔다는 생과일 샌드위치는 냉장고에 딱 하나 남아 있었다. 양미소가 급하게 손을 뻗어 샌드위치를 집었다. 폭신한 식빵 사이에 두툼한 생크림, 그 속에 키위, 오렌지가 큼직하게 박혀 있었다. 딱 봐도 먹음직스러웠다.

"아, 맞다. 지갑을 놓고 왔네."

양미소가 샌드위치를 만지작거렸다.

"내가 낼게."

흔쾌히 지갑을 꺼냈다. 양미소가 기다렸다는 듯 물었다.

"통신사 10퍼센트 할인되는데, 어디 거 써?"

계산대 위에 통신사 할인 배너가 꽂혀 있었다. 다행히 내가 쓰고 있는 통신사여서 앱을 열었다. 포인트가 많진 않았다. 올해 들어 밖에서 간식을 많이 사 먹긴 했으니까. 나는 통신사 할인까지 해서 5,500원짜리를 4,950원에 결제했다. 아주머니가 바코드를 찍고 내게 주려던 샌드위치를 양미소가 손을 뻗어 받았다.

"크림이 통통한 게 진짜 맛있어 보인다. 그치?"

양미소는 편의점 앞 파라솔 테이블에 샌드위치를 올려놓고 사진을 찍었다.

"너 진짜 편의점 신상에 진심이구나?"

"응. 이걸 인스타에 올리고 있어."

양미소가 자기 인스타 계정을 알려 줬다. 양미소가 사진을 찍는 사이, 확인해 보니 피드에 올라온 사진이 모두 편의점 신상이었다. 직접 사진 편집까지 했는지, 편의점별로 월별 신상이 차곡차곡 올라와 있었다. 학교 안에서는 그다지 유명하지 않은 양미소가 2천여 명의 팔로워를 거느리고 있었다.

"와, 너 대단하다. 학교 애들은 이런 거 모르지 않아?"

"아는 애들도 있긴 한데, 뭐 학교에서 유명해지려고 하는 일은 아니라서."

양미소가 특유의 순진한 웃음을 지었다. 그러고는 사진을 다 찍었는지 샌드위치를 다시 집어 들었다.

"이제 먹어도 되는 거지? 나도 크림 들어간 건 다 좋아하거든."

그때, 양미소가 잠시 머뭇거리더니 딴청을 피웠다.

"아, 맞다. 나 오늘 동생 데리러 가야 하는데 깜빡했네."

"동생? 동생을 어디서 데려와?"

"유치원. 어, 시간이 된 줄도 모르고 정신 놓고 있었어."

양미소가 멋쩍은 듯 웃더니 샌드위치를 챙겨 들곤, 우리가 왔던 길로 다시 돌아갔다. 그러다 자기도 뭔가 켕겼는지 뒤를 돌아보고는 손을 흔들었다.

"다음에 내가 맛있는 거 살게. 먼저 가서 미안해."

순진한 웃음도 잊지 않았다. 하지만 내 마음은 그 순진한 웃음과는 이미 조금 멀어져 버렸다. 양미소는 가 버렸지만 양미소의 인스타그램은 내 손 안에 있었다. 몇 가지 피드를 살펴보다가 양미소도 나랑 같은 통신사를 쓰고 있다는 걸 알게 됐다. 오늘의 신상을 싸게 사는 법에 대한 피드였다. 통신사별로 할인율이 올라와 있었고, 자신은 GO25 편의점에서 10퍼센트 할인받는 통신사 포인트를 알뜰하게 쓰고 있다는 내용이었다.

"얻어먹을 거면 포인트 정도는 자기 걸로 써야 하는 거 아냐?"

그뿐 아니었다. 내가 샀으면 내 건데, 샌드위치는 사진 찍고 나에게 줬어야 하지 않나? 불현듯 불길한 기운이 스쳤다. 집으로 걸어가며 휴대폰을 열었다. 쇼츠 여러 개를 훑어보다, 예전에 올라온 쇼츠에 눈길이 갔다.

당신의 시간과 돈을
소중히 여기지 않는 사람을 멀리하세요.

또 깨달았다. 내 시간과 내 돈, 내 포인트를 눈앞에서 도둑맞았다는 걸. 그뿐 아니라, 양미소는 정말 지갑을 갖고 있지 않았을까 하는 의심마저 들었다.

> 나 눈 뜨고 코 베인 것 같아.

서림이가 학원 수업 중이라는 걸 알면서도 문자를 보냈다. 한 시간 후 학원이 끝났는지 서림이에게 답장이 왔다.

서림
> 그게 무슨 말이야?

> 양미소한테 빵 사 주고, 포인트까지 뜯겼어.
> 참고로 난 먹어 보지도 못함.

몇 분 후 서림이에게 전화가 왔다.

"걔 인스타그램 관리하느라 늘 용돈 부족하다던데."

"뭐야. 그럼 나 당한 거 맞잖아."

"글쎄. 내일 갚을 수도 있잖아. 기다려 봐."

양미소에겐 전혀 그런 낌새가 없었다. 최소한의 고맙다

는 말조차 듣지 못했다.

"기다릴 필요 없을 것 같은데……."

서림이와의 전화를 끊고, 그사이에 올라온 양미소의 인스타 스토리를 눌렀다. 낮에 찍은 샌드위치 사진이었다. 내이야기는 하나도 없고, 마치 자기가 산 것인 양 피드를 올렸다. 내 의심은 모두 확신이 되었다.

*

"민하야, 오늘 시간 있지?"

어김없는 금요일이었다.

"우리 에잇플러스 편의점 가 볼래? 오늘 이달의 신상 나왔는데 쫀득찰떡마카롱이래."

이번에는 어떻게 나오나 보자 하는 심정으로 같이 편의점으로 향했다. 절대 당하지 않겠다는 다짐과 함께. 다행히쫀득찰떡마카롱은 제법 재고가 남아 있었다. 양미소는 재고를 휙 훑어보더니 그중 하나를 향해 거침없이 손을 뻗었다. 인절미 맛이었다.

"민하야, 너는 이거 사면 안 될까?"

양미소가 가리킨 건 흑임자 맛이었다.

"난 이건 별로. 말차 맛 할래."

"안 되는데……."

"그게 무슨 말이야?"

"아, 그게…… 지금 가장 인기 있는 게 인절미랑 흑임자거
든. 말차는 가장 인기 없고."

양미소는 또 한 번 더 나를 시험에 들게 했다.

"흑임자 한번 먹어 봐. 네 최애가 될 수도 있잖아."

양미소가 또 순진하게 웃었다. 일단 하라는 대로 흑임자
를 골랐다. 그런데 양미소는 인절미 맛 하나를 계산했다.

"미소야, 네가 사는 거 아니었어?"

"어? 미안. 나 벌써 계산했는데……."

나는 먹고 싶지도 않은 흑임자 맛을 계산했다. 에잇플러
스 편의점은 통신사 할인이 되지 않아 제값 3,400원을 내
야 했다.

계산을 마치고 나오자 양미소가 자기 손바닥 위에 인절
미 맛 마카롱을 올렸다.

"민하야, 흑임자도 여기에 올려 봐."

나는 흑임자 마카롱을 양미소 손에 올렸다. 양미소는 능
숙하게 한 손으로 사진을 여러 번 찍었다.

"이제 먹어야지. 너도 먹어 봐."

양미소가 인절미 맛 마카롱을 한입 베어 물었다. 그러고는 맛있었는지 남은 것도 마저 입에 넣어 버렸다. 양미소 손바닥에 있던 마카롱을 집자 흑임자 가루가 후드득 떨어졌다. 돈이 아까워 한입 베어 물었다. 퍽퍽한 가루가 입안으로 들어오자 기침이 났다.

"별로야? 그럼 내가 먹을까?"

대답할 겨를도 없이 양미소가 내 손에 있던 마카롱을 가져가 자기 입안에 넣어 버렸다.

"음, 맛있는데? 왜 별로라고 하지?"

날 보고 씩 웃는 양미소의 윗니, 아랫니에 흑임자가 끼어 있었다.

내 것과 네 것을 구별하지 않는 사람을
가까이 두지 마세요.

따로 저장까지 해 둔 블랙심리학 릴스 내용이 떠올랐다. 손절을 늦추는 건, 나 자신을 지키지 못하는 시간이 늘어난다는 것과 같다. 내가 양미소를 손절해야 하는 이유는 이미 한둘이 아니었다. 나는 양미소의 인스타 팔로우를 취소했다.

하지만 양미소는 내가 자신을 손절했다는 걸 모르는 건지, 모르는 척하고 싶은 건지 이따금씩 내게 와 말을 걸고, 편의점에 가자는 말을 했다. 나는 매번 약속이 있다는 식의 빤한 핑계를 댔지만, 여전히 양미소는 모르는 것 같았다.

"미안, 나 너랑 이제 이야기 안 하고 싶어."

양미소가 놀란 듯 나를 바라봤다.

"아, 그래? 오늘 신상 나온 거 너 사 주려고 했는데."

"아냐. 됐어. 다른 애랑 가."

손절이라는 단어를 꺼내 버릴까 하다가 그만뒀다. 그럴 필요도 없을 것 같아서였다. 서림이가 화장실을 가는 것 같아 뒤따라 복도로 나왔다.

"미소가 사 준다는데, 같이 가 보지."

"싫어. 이미 마음 떴는데 뭐."

"요즘 너 좀 달라진 것 같아."

유치원 때부터 나랑 붙어 다녔던 서림이는 나보다 더 나를 잘 안다. 학교 친구들과의 관계를 툭툭 잘라 내는 나를 낯설어하는 것도 당연한 일이었다.

"이제 사소한 일에 신경 안 쓰려고. 쿨한 게 좋아."

"양미소 쟤 표정 시무룩한 거 보니까 진짜 사 주려고 한 것 같은데……."

"그게 아니라 오늘 편의점에 같이 갈 친구를 못 찾아서 그런 거야."

서림이가 고개를 갸우뚱했다. 이성적이고 합리적인 T 성향의 서림이도 요즘은 서림이 같지 않았다. 너도 그렇다고 말해 줄까 했는데, 강지나가 혼자 복도 반대편에서 걸어오고 있었다. 강지나는 요즘 늘 혼자인 듯 보였다. 우리는 얼굴을 보고도 못 본 척 쌩하니 지나쳤다. 조금 걷다 뒤통수가 따가워 뒤를 돌아보니 강지나가 굳은 얼굴로 나를 보고 있었다. 서림이도 그런 강지나를 보고 있었다.

"난 조용히 손절하려고 했는데 조해수가 일을 키우고, 강지나가 나한테 찾아와 따지는 바람에 불편하게 돼 버렸어. 내가 왜 강지나한테 저런 눈빛을 받아야 하는지 모르겠어."

서림이는 내 이야기를 가만히 듣고 있을 뿐이었다.

*

"너, 양미소 손절했지? 이유가 뭐야?"

내가 양미소와 멀어졌다는 소문도 금방 돌았다.

"어. 그게……."

"말해 봐. 궁금한 게 있어서 그래."

북클럽 활동에 진심이라 도서관에 가면 엔피시처럼 마주 친다는 김민주였다.

"자기 돈을 안 쓰더라고. 같이 편의점 가자고 해 놓고 지갑 없다고 하고……."

"정말? 얼마 전에 나한테도 같이 가자고 했는데 안 가길 잘했네."

"아, 그랬어? 혹시 가게 되면 조심해."

내 말에 김민주가 고개를 끄덕였다.

"앞으론 네가 거르는 애들하곤 놀지 말아야겠다. 미리 알고 피하는 게 더 낫지."

마치 내가 아이들의 손절 보증 수표가 된 것 같았다.

"강지나도 그렇고 양미소도 그렇고 사실 손절하기엔 좀 껄끄러운 캐릭터잖아. 지나 걔는 워낙 인싸였고, 미소는 뭐랄까 원래도 좀 아싸 같은 애라서. 그치?"

김민주는 내가 강지나를 손절한 일에 특히 관심이 많은 듯했다.

"솔직히 같은 학교 다니면서 손절하는 거 불편할 수밖에 없잖아. 아예 안 볼 사이도 아닌데. 그래서 나도 네 용기가 진짜 대단하다고 생각했어."

"됐어. 이미 손절했는데 뭐. 관심 안 두려고. 나한테 중요한 애도 아니고, 그럴 시간에 내가 좋아하는 친구랑 시간 보내는 게 훨씬 이득이야."

"아, 서림이? 하긴 서림이 같은 애가 친구면 뭐. 누가 아쉽겠어."

김민주가 눈을 반짝이며 웃었다.

"아무튼, 민하 너 촉도 좋고 되게 침착해 보인단 말이지. 비결이 뭐야?"

김민주는 내가 강지나를 손절한 게 정말 사이다였다는 말을 되풀이했다.

"내가 사람 심리에 관심이 많거든. 자기 계발 영상이나 책 이런 거 많이 봐."

내 옆에 같이 있던 서림이가 나를 빤히 쳐다봤다. 사실 책 같은 건 읽지 않는다. 도파민이 팡팡 터지는 릴스나 쇼츠를 많이 볼 뿐이다.

그 비결이 책이면 어떻고, 쇼츠면 어떤가. 나는 이제 나를 지키는 방법을 알게 됐다. 내가 나를 지키면 다른 사람도 나를 지켜 준다. 그 덕분인지 누군가를 내 경계 밖으로 밀어내는 손절을 했는데도, 내 경계 안으로 들어오는 애들이 더 많아졌다. 누군가에게 신뢰를 받는다는 건 생각보다 훨씬 더 나이스한 일이었다.

*

김민주는 자주 내 자리로 찾아와 이런저런 수다를 늘어놓았다. 자신이 도서관 사서 선생님과 운영하는 '틴즈 북클럽'에 가입해 달라는 게 이유인 듯했다. 내가 심리학 책이나 자기 계발서를 많이 읽는다는 말을 한 뒤부터였다.

"미안, 클럽 활동할 시간이 없어."

"왜. 그동안 읽은 책만 가지고도 충분할 거야. 내가 사서 선생님한테 이야기해서 네가 본 책 위주로 활동하자고 할게."

"지금은 좀 그래. 나중에 얘기하자."

끈질기게 매달리는 김민주가 귀찮아서 적당히 둘러댄 말이었다. 사실 중학생이 되고 나서 책 한 권 읽지 않았다. 하지만 그렇다고 거짓말을 들키고 싶진 않았다.

"너 요즘 애들 사이에서 믿고 보는 인간 감별사 된 거 알아?"

간혹 애들이 나에게 와서 요즘 걸러야 할 이상한 애 없냐고 묻곤 했다.

"사람마다 맞는 사람이 다른데, 내가 걸렀다고 해서 다 똑같이 걸러야 하는 건 아니잖아."

내 말에 김민주의 눈이 빛났다.

"네 말이 맞아. 근데 보편적인 기준이랄까? 그런 건 있잖아. 그런 이야기를 해 보자고."

김민주는 '그런'이라는 말을 반복하며 내가 했던 말과 행동에 신뢰를 보였다. 그러고는 사서 선생님에게 가서 내가 북클럽 활동을 하겠다고 말을 해 버렸다. 다음 날 사서 선생님이 나를 불렀다.

"민하 네가 적극적으로 해 보겠다고 했다며? 같이 토론하고 싶은 주제도 많다고 들었어. 민주가 북클럽을 다른 애들에게 추천하지 않는데, 너랑은 꼭 함께해 보고 싶다네."

사서 선생님은 내게 북클럽 가입서를 내밀었다. 내 말은 듣지 않고, 자기 마음대로 떠들었을 김민주의 모습이 뻔하게 그려졌다.

자기 말만 하는 사람을 두 번 이상 만난다면
당신은 호구가 됩니다.

'바보'보다 싫은 건 '호구'다. 북클럽에 호구 잡혀서 원하지도 않는 걸 하느라 시간 낭비, 감정 낭비를 하고 싶지 않았다.

"민주한테 안 한다고 했는데, 민주가 잘못 이야기했나 봐요."

사서 선생님이 의아한 눈으로 바라봤다.

"민주가 다른 말을 할 애가 아닌데."

선생님과 클럽 활동을 하지 않는 것으로 하고 도서관을 나오는데, 김민주랑 북클럽 활동을 하는 다섯 명이 함께 이쪽으로 오고 있었다.

"어! 유민하. 벌써 가입하고 나온 거야?"

"민하야, 네가 일곱 번째 가입자야. 럭키 세븐!"

애들이 한마디씩 보태자, 김민주가 나섰다.

"내일부터 방과 후에 같이 활동하면 돼. 얘네들 너 들어온다고 잔뜩 기대하고 있어. 다음 활동은 청소년의 친구 관계에 대해서 자기 보호와 경계……."

자기 말만 하는 것도 모자라, 자기 착각을 퍼트리는 김민주에게 호구가 될 순 없었다. 없는 얘길 지어내고 여기저기 남발하는 저 애가 싫었다.

"아냐. 나 가입한다고 말한 적 없어. 민주 네가 더 잘 알잖아."

김민주 얼굴이 굳어졌다. 순간 분위기가 싸해졌다.

"뭐야. 김민주 또 오버한 거야?"

한 명이 민주를 슬쩍 쳐다보자, 그 옆에 있던 애도 말을 보태며 한숨을 내쉬었다.

"오버가 아니라 또 잘못 전달했지 뭐. 나도 그래서 가입했잖아."

하마터면 내가 그중 한 명이 될 뻔했다. 그대로 지나가려는데 김민주가 내 팔을 붙들었다.

"책 많이 읽는다며. 그럼 이 활동도 너한테 나쁠 거 없잖아."

김민주가 넘겨짚는 것에도 소질이 있는 줄은 몰랐다. 왜 우리 학교 애들은 하나같이 제멋대로 남을 판단하고 말을 무시하는지 모르겠다.

"아냐. 난 필요 없어."

김민주가 나를 빤히 쳐다봤다. 나를 이해할 수 없다는 눈빛이었다. 그중 누군가 '김민주 손절당한 거 아냐?'라고 웃으며 농담을 했다. 그게 맞다고 말하고 싶었는데 김민주가 무안할 것 같아 그만뒀다. 하지만 그다음 날부터 내가 김민주를 손절했다는 소문이 퍼졌다. 어제 봤던 북클럽 애들 중 한 명이 내게 그게 사실이냐며 물었다. 나는 고개를 끄덕였다.

"김민주랑 손절하니까 편해? 나도 요즘 걔가 좀 거슬리는데……."

"하고 싶으면 너도 해. 손절."

"난 너처럼 용기가 없어. 부럽다. 그 용기."

그 애가 한쪽 눈을 찡긋하며 지나갔다. 누가 내 용기를 부러워한다는 사실에 어깨가 으쓱 올라갔다.

이후로도 나는 몇몇 애들을 손절했다. 욕을 너무 많이 해서, 가리는 게 너무 많아서, 조금도 양보하려고 하지 않아서, 조심성이 없어서 등등 이유는 많았다. 그걸 지켜보는 학교 애들은 손절당한 애들에겐 손절당할 만한 이유가 '충분히' 있어서라고 맞장구쳤다. 관계를 맺고 끊을 때마다 항상 나를 지키기 위한 선택을 했던 것뿐이라고 하면 애들 입에선 하나같이 오, 하는 감탄사가 흘러나왔다. 그럴 때마다 내 자존감도 조금씩 올라갔다. 내 손절은 선순환 구조에 있었다.

내가 나를 지키는 건 생각보다 쉬운데, 다른 애들은 왜 이걸 어려워하는지 의아했다. 걔와 나 사이에 점선을 그린 다음 마음속으로 가위질을 하면 된다. 잘려 나간 애들을 처음부터 없었던 것처럼 대하면 된다. 깨달음은 15초면 충분했다.

오늘 새로 올라온 블랙심리학 쇼츠를 보고 있는데 서림

이가 내 어깨를 툭 쳤다. 교실 청소가 생각보다 늦어졌다며 미안하다고 말했다. 서림이는 늘 내게 안정감을 준다. 늘 내가 예상할 수 있는 범위 안에서 반듯하고 단정하게 행동한다. 서림이가 내 친구라는 건 정말 다행스러운 일이다.

전에 본 쇼츠에서 손절도 권력이라는 댓글을 봤다. 그 의견에 반대하는 댓글도 있었지만 어떤 면에선 나도 동의한다. 내가 잦은 손절에도 타격이 거의 없는 건, 서림이가 내 '힘'이기 때문이기도 하다. 부정하고 싶진 않다. 앞으로도 나는 나와 맞지 않는 애가 있다면 단호히 잘라 낼 거다. 내 소중한 마음을 나눠 줄 그 누군가가 나타나기 전까지!

민트 초코 라즈베리 ✕

다소 긴장한 듯한 남배연의 뒷모습을 보며 중3, 그것도 가장 예민한 학기 초에 전학을 온 기분은 어떤 걸까 생각했다. 나 같으면 절대 전학 같은 건 가지 않겠다고 단식 투쟁이라도 했을 거다. 중3이면 이제 친한 애들은 거의 고정이 되어 있고, 무리에서 배제되는 애들도 확연히 드러난다. 그런 곳에 뒤늦게 끼어들어 살아남는 건, 아무리 자존감이 높은 애라도 쉽지 않을 거다.

　하지만 배연이는 전학 당일부터 많은 애들의 관심을 받았다. 일단 외모부터 독특했다. 날씬한 체격에 긴 생머리, 컬이 진 앞머리가 꽤 잘 어울렸다. 몇 애들은 배연이가 전학

온 다음 날부터 앞머리를 말고 나타났다. 하지만 작고 하얀 얼굴에 커다란 뿔테 안경이 어울리는 배연이의 분위기를 따라갈 순 없었다. 나도 모르게 자꾸만 배연이를 쳐다보게 됐다.

게다가 시원시원하고 밝은 성격, 크게 웃는 모습 등은 또래인 내가 봐도 매력적이었다. 게다가 빠하지 않은 의외의 취향도 신비로움을 더했다. 요즘 애들이 좋아하는 흔템이 아니라, 자기 색이 묻어나는 독특한 것들을 주로 갖고 다녔다. 예를 들면 줄 이어폰, 빈티지한 운동화, 네팔의 작은 마을에서 만들었다는 고유한 문양이 수놓인 책가방 등등이 그랬다. 음악도 최신곡보다는 인디 밴드 노래를 좋아한다고 했다.

나는 그런 특별한 매력이 있는 배연이를 자주 지켜봤다. 체육 시간엔 배연이 옆에 서려고 했고, 과학 시간엔 일부러 같이 당번을 맡았다. 그러다 기회가 찾아왔다.

"자, 오늘 진로 활동과 연계되는 특별 수업 있는 거 알지? 반 회장들이 모여 추첨했는데 우리 반은 패션 유튜버로 활동하는 '나예스타일 님'이 들어오시기로 했어."

학교에서는 각 반을 맡을 강사로 축구 선수, 파티시에, 작가, 수의사, 유튜버, 게임 개발자, 사회 복지사를 초청했다.

"아, 회장 뭐야. 게임 개발자 뽑았어야지."

밤을 새워 게임을 하는 것이 소원이라는 임수호가 한마디를 거들었다.

"뽑기가 괜히 뽑기겠어? 회장 탓 금지. 모두 예의 있게 행동하고 적극 참여하자."

다들 자기 바람을 이야기하다가 선생님 말에 조용해졌다. 패션에 큰 관심이 없었던 나는 적당히 시간이나 때울 생각이었다.

"완전 기대된다. 며칠 전부터 나예스타일 유튜브 매일 보고 있거든."

배연이가 뒷자리 아이와 말하는 소리가 들렸다. 이미 배연이의 인스타그램을 염탐했기 때문에, 배연이의 사복 센스가 남다르다는 건 알고 있었다. 배연이가 기대하는 모습에 나도 슬슬 관심이 생겼다.

"자, 제가 여러 가지 스타일을 가지고 왔어요. 나눠 준 종이에 친구 얼굴을 그리고, 그 친구에게 어울리는 패션을 매칭해 주는 거예요. 패션은 누구나 쉽게 접근할 수 있지만 사람마다 특성이 달라서 제대로 매칭하기가 절대 쉽지 않을 거예요. 꾸며 주고 싶은 친구를 골라 마음껏 스타일링을 해 주면 됩니다."

유튜버 나예는 수십 종의 상의, 하의, 아우터, 신발, 양말, 모자, 가방, 액세서리를 프린트해 와서 한 꾸러미씩 나눠 줬다. 애들은 그 정성에 감탄했고, 나예는 기분이 좋은지 얼굴이 빨개졌다.

'서림이? 배연이?'

나는 둘 중에 누굴 선택해야 할지 고민했지만, 마음은 이미 배연이 쪽으로 기울었다. 패션에 관심이 많은 배연이를 선택하면 조금 더 가까워질 수 있을 것 같았다.

'서림이는 뭐 이런 거에 관심이 덜하니까.'

종이에 배연이 얼굴을 정성껏 그린 후 꾸러미 안에서 배연이에게 어울릴 만한 옷과 액세서리를 골랐다. 요즘 유행하는 검은색 파라슈트 팬츠에 하얀색 크롭 셔츠를 골랐다. 배연이처럼 얼굴이 작고 키가 큰 애들은 심플한 걸 입었을 때 스타일이 살 것 같았다.

셔츠에 포인트를 주고 싶었는데 꾸러미 안에는 적당한 것이 없었다. 하는 수 없이 내가 원하는 머플러를 종이에 직접 그리고 색칠했다. 초록색 바탕에 검은색 줄무늬가 있는 길고 가느다란 머플러였다. 얼마 전 아이돌 카이젤이 인스타그램에 올렸던 사복 패션 중, 비슷한 머플러를 했던 게 떠올랐다.

"모자도 어울릴 것 같은데…… 그것도 없네?"

캡 모자와 벙거지는 있었는데 비니는 없었다. 앞머리에 컬이 있는 배연이가 비니를 쓰면 훨씬 더 귀여워 보일 것 같아서 비니도 손수 그려 넣었다. 무슨 색이 좋을까 하다가 진한 초록색으로 칠했다. 완성하고 보니 더없이 잘 어울려서 만족스러웠다. 슬쩍 옆을 보니 장난으로 우스꽝스러운 스타일링을 해 놓고 킥킥거리는 애들이 많았다.

"자, 제가 고른 3학년 2반 나예스타일 상은 남배연 학생을 스타일링 한 유민하 학생입니다."

유튜버 나예가 앞으로 나오라고 하더니 미리 준비해 온 봉투를 내게 주었다. 봉투 겉에 나예스타일 프로필 로고와 손으로 쓴 내 이름이 적혀 있었다. 나예가 배연이도 앞으로 나오라고 했다.

"배연이를 보니까 민하가 왜 이런 스타일링을 했는지 너무 잘 알겠네요. 사실 꾸러미 안에 재료가 넉넉지 않아서 더 적극적으로 표현하는 학생이 있을 줄은 알았는데, 민하가 그린 머플러와 비니는 기대 이상으로 잘 어울렸답니다. 두 학생에게는 요아비 상품권을 선물로 줄게요. 2인 상품권이니까 꼭 둘이 같이 가도록 해요."

애들이 부러운 듯 말을 보탰다. 배연이가 나를 보며 빙그

레 웃었다. 나도 멋쩍게 같이 웃었다.

그리고 그날 밤, 인스타그램 알림이 울렸다.

'nambebe.0123 님이 회원님을 팔로우하기 시작했습니다.'

바로 맞팔로우를 눌렀다. 배연이 피드에 몇 분 전에 올린 새 게시물이 떠 있었다. 오늘 내가 스타일링한 것과 똑같은 옷을 입고, 모자와 머플러를 한 모습이었다. 두 번째 사진은 내가 스타일링 한 종이를 찍은 것이었다.

♡ ○ ▽

nambebe.0123 내 옷장 속에 있는 옷을 어떻게 딱 알고 스타일링 해 준 친구.
평소에 좋아했던 아이템이라 더 놀람.
특히 이 초록색 비니는 오래전부터
내 애정템이었다구우우우!

앞머리 컬이 보이게 쓴 초록색 비니는 내 예상대로 배연이와 찰떡이었다. 거기다 새침한 포즈로 파라슈트 팬츠 주머니에 양손을 찔러 넣은 모습은 마치 연예인이나 인플루언서처럼 보였다. 좋아요를 누름과 동시에 배연이에게 디엠이 왔다.

우리 요아비 언제 갈까?

내일은 설레는 약속을 잡기에 더없이 좋은 토요일이었다.

*

우리는 키오스크 앞에서 서로 좋아하는 걸 먼저 고르라
고 했다가, 내가 먼저 하겠다고 했다가, 깔깔 웃다가, 결국
우리 둘 다 민트파라는 걸 알고 두 손을 맞잡았다. 오늘 배
연이를 만나고 더 기분이 좋았던 건, 배연이가 내 스타일링
착장 그대로 입고 나왔다는 점이었다. 실제로 보니 훨씬 더
잘 어울렸다.

"민트 아이스크림엔 초코가 제일 무난해. 이걸로 일단
고르자."

내가 초코칩을 선택하자, 배연이가 토핑 페이지를 골똘
히 보며 눈을 반짝였다.

"그럼 여기에 제일 안 어울리는 건 뭘까? 뭘 것 같아?"

"글쎄, 민트가 존재감이 세니까 독특한 건 안 어울릴 것

같아. 아니면 색깔이 같은 그런키위 같은 거……."

키오스크 화면 위에서 춤추듯 움직이던 배연이의 손가락이 멈춘 곳은 라즈베리였다. 배연이는 '이거다'라고 외친 후 상품권 결제 버튼을 눌렀다.

"뭐야? 왜 안 어울리는 걸 골랐어?"

"어울리는 거 골랐으니까 안 어울리는 것도 골라야지. 그럼 맛이 어떨지 궁금하지 않아?"

배연이가 나를 보고 밝게 웃었다. 웃음 속에서 싱그러운 향이 나는 것 같았다. 혼자 오거나 서림이랑 올 땐 항상 안전하고 무난한 선택을 했다. 그래서 배연이와 함께 온 것, 함께 고른 것이 더 색다르고 특별하게 느껴졌다.

"비주얼은 그럴듯한데?"

우리 둘 사이에 놓인 아이스크림 그릇을 보고 배연이가 말했다. 별거 아닌 말에도 웃음이 났다.

"우리 같이 모험해 보자."

배연이가 내 스푼 위에 라즈베리를 올려놓았다. 그러고는 자신의 스푼 위에도 똑같은 걸 올렸다.

"하나 둘 셋 하면 동시에 먹어 보는 거야."

배연이의 신호에 맞춰 한입에 스푼을 밀어 넣었다. 시원 새콤 강한 맛의 총공격이었다. 저절로 얼굴이 찡그려졌다.

눈을 살짝 떴을 때, 배연이의 얼굴도 찡그려져 있었다. 예쁘고 새침한 얼굴이 잔뜩 일그러진 게 낯설었지만 순수해 보여서 웃음이 났다.

"우웩우웩이야. 완전 별로."

"우웩우웩? 남배연 너 그 말 잘 쓰지?"

"그래? 잘 모르겠는데 왜?"

"네 인스타그램에서 여러 번 본 것 같아. 너 맛집 리뷰 같은 거 남길 때 주로 저 표현 많이 쓰더라고."

"그런가? 난 몰랐어."

배연이가 우웩우웩 하며 맛없다는 표정을 지어 보였다. 픕, 웃음이 터지면서 입안에 있던 것이 밖으로 튀어 나갔다.

"꺅, 뭐야. 유민하! 먹기 싫어서 일부러 그러는 거지."

"응. 완전 우웩이야. 우웩우웩."

그러다 배연이는 진짜 사레가 걸렸는지 나랑 똑같이 아이스크림에 섞인 라즈베리 조각이 입 밖으로 툭 하고 튀어 나왔다. 우리 둘은 그게 또 웃겨서 깔깔 웃었다. 요아비 사장님은 좋을 때라며 우리 둘이 웃는 게 똑 닮아 예쁘다고 말했다. 그 말에 우린 웃음을 멈추고 서로를 바라봤다.

'내가 배연이랑 똑 닮았다고? 난 저렇게 예쁘고 개성 있지 않은데.'

밋밋하고 선이 얇은 내 얼굴은 한 번 봐서는 바로 기억할 수 없는 평범한 얼굴이다. 그와 반대로 배연이는 한 번 보면 누구나 오래 기억할 얼굴이다. 원래 사람은 내가 갖지 않은 걸 가진 사람에게 끌린다고 했다.

운명의 상대는 나와 반대일 가능성이 큽니다.

얼마 전에 봤던 '감정자판기' 쇼츠엔, 그 '운명'이 좋게도 또 나쁘게도 작동할 수 있다고 했다. 그러니 서로를 더 잘 이해하려는 노력이 필수라고 했다.

"사실 크롭 셔츠는 내 게 아니고, 우리 언니 거야. 내가 되게 갖고 싶어 했던 건데, 내가 네 이야기 하니까 나 가지라고 하더라."

배연이는 완전 운이 좋았다면서, 이게 다 내 덕분이라고 했다. 그 말이 듣기 좋아서 나도 배연이를 보고 헤헤 웃었다.

"넌 내가 하는 말에 진짜 잘 웃어 주는 거 알아? 그래서 너한텐 계속 말 걸고 싶고 그래."

"아냐. 네가 하는 말은 진짜 다 재밌어."

배연이는 오히려 나를 보고 더 환히 웃었다. 그래서 나도 조금 전 들었던 말을 배연이에게 똑같이 해 주고 싶었다. 우리는 이런저런 재미도 없는 이야기를 누구보다 재미있게 하며 아이스크림을 먹었다.

"근데 이 조합도 은근 나쁘지 않은데?"

"오, 나도 같은 생각하고 있었어. 확실히 우웩은 아니야."

어울리지 않는 조합이라고 생각한 건 해 보지 않았을 때의 이야기였다.

"너 서림이랑 친하게 지내지? 너희랑 친하게 지내고 싶은데 나도 끼워 주면 안 돼?"

배연이가 민트 아이스크림에 초코칩을 올리며 말했다. 서림이와 늘 같이 다니긴 하지만, 서림이를 운명의 상대라고 느껴 본 적은 없었다. 어쩌면 엄마끼리도 절친이고 너무 어릴 때부터 함께했던 사이라, 익숙함이 그런 마음을 덮어 버렸는지도 모른다. 그렇다고 서림이가 싫다는 뜻은 아니다.

하지만 반에서 가장 주목받는 애가 나랑 친하게 지내고 싶다고 하니 괜히 마음이 들떴다. 그런 아이와 나누는 우정은 조금 특별하지 않을까 하는 기대도 생겼다. 그동안 여러 번 손절을 하며, 진짜 마음을 나눌 친구를 기다려 온 시간이 헛되지 않았다는 생각도 들었다. 배연이를 만나기까지의 과정인 것만 같았다. 거기에 서림이까지 함께라면, 그 조합도 나쁘지 않겠다는 생각이 들었다.

"좋아. 나도 너랑 친하게 지내고 싶었어."

"서림이한테도 물어봐야 하잖아."

그때 요아비 문이 열렸다. 운명처럼 현정이 이모랑 서림이가 안으로 들어왔다.

"민하, 우리 서림이 놔두고 바람피우고 있었어?"

그런 것도 아닌데 뜨끔했다. 엄마의 농담을 좋아하지 않는 서림이가 얼굴을 찡그렸다.

"아이스크림 사서 너희 집 가려고 했는데 잘됐네. 서림이 너 여기서 같이 놀다가 와."

현정이 이모가 나랑 배연이 눈치를 보면서 '그래도 되지?'라고 물었다. 그러자 배연이가 명랑한 목소리로 '네!'라고 대답했다.

우리 셋은 원형 테이블에 둘러앉았다. 서림이는 나랑 같이 먹을 땐 민트를 먹고, 혼자 먹을 땐 플레인 요거트 맛을 먹는다. 서림이 그릇엔 기본 요거트에 그래놀라, 벌집 꿀, 냉동 블루베리가 담겨 있었다.

"나 이거 한입 먹어 봐도 돼?"

배연이가 서림이에게 묻자, 서림이가 고개를 끄덕였다. 미소를 지으며 한입 먹어 본 배연이가 말했다.

"이거 건강한 맛이 딱 서림이 너 같아."

서림이는 그 말에 미소를 지었다.

"아까 민하한테 친하게 지내자고 하긴 했는데, 너희 둘이 다닐 때 나도 같이 끼워 줘. 우리 셋이 다니면 은근 재밌을 것 같아."

서림이가 나를 바라봤다. 나는 고개를 크게 끄덕였다. 서림이가 눈을 몇 번 깜빡이더니 좋다는 뜻으로 똑같이 고개를 끄덕였다.

나는 내 앞에 놓인 민트에 초코칩 그리고 라즈베리 조합을 바라봤다. 스푼에 다 같이 올려 한입에 넣었다. 영 어울릴 것 같지 않은 이 맛에 벌써 익숙해져 버렸다.

아까 배연이 말에 당황했어?

서림
아니 왜?

네가 좀 망설이길래.

서림
배연이가 마음에 들어?

응.

서림

그래, 그럼. 나도 좋아.

우리 셋이 잘 지낼 수 있을 것 같아!ㅎㅎ

서림이에게선 더 답장이 오지 않았다. 서림이가 늘 내 옆에 있지만, 내가 직접 사귄 내 마음을 함께 나눌 친구가 필요했다. 강지나도, 양미소도, 김민주도 또 알게 모르게 내적 손절한 애들까지 합치면 내가 친해지기 위해 다가갔던 혹은 나에게 다가왔던 애들은 열 명도 넘는다. 하지만 모두와 진짜 친구가 될 수 없었다. 나는 진심으로 대하려고 했지만, 그 애들은 나만큼 이 관계에 진심이 아니었다. 그래서 모두를 손절할 수밖에 없었다. 그런 시간들을 겪어 왔기에 배연이라는 존재가 더 크게 느껴졌다.

*

서림이는 조금 늦는다고 해서 별빛 공원으로 향했다. 먼저 온 배연이가 벤치에 앉아 있었다. 멀리서 봐도 가로등 불빛을 받은 배연이의 얼굴에선 빛이 났다. 외모도 인상적이었지만, 명랑하고 거리낌없이 사람들과 어울리는 배연이의 모습은 늘 보기 좋았다. 나와는 다른 점들이라서, 그게 더 신선하게 느껴졌다.

친해진 지 며칠밖에 되지 않았지만, 하루하루가 늘 재밌는 일의 연속이었다. 아침에 만나 학교에 같이 가고, 교실에서도 틈만 나면 붙어 다녔다. 서림이는 늘 그렇듯 자연스럽고 무난하게 우리와 어우러졌다. 학교 애들은 나와 서림이 사이에 배연이라는 뉴 페이스는 상상하지 못했던 조합이라며 놀라는 눈치였다.

반면, 내가 찜한 배연이는 이번에도 머지않아 손절의 대상이 될 거라는 소문도 함께 돌았다.

"누가 그러더라? 내가 얼마 못 가서 배연이랑 손절할 거라고."

나는 재밌어서 웃음이 났는데 서림이는 조금 걱정스러운 기색이었다.

"애들은 항상 말 지어내는 거 좋아하잖아. 그사이에 무슨 일 없었지?"

"무슨 일?"

"배연이랑."

"응, 전혀 없어. 앞으로도 절대로."

알아보니 소문의 근원지는 강지나였다. 우리 반도 아니면서 우리 반 일에 왜 그렇게 관심이 많은지, 쉬는 시간마다 복도 창문을 통해 우리 반을 째려보며 지나가곤 했다.

하지만 그런 시선 따위에 아랑곳하지 않고, 나는 배연이와 더 자주 붙어 다녔다. 더 많이 친해지고 싶었고, 더 많은 걸 함께 공유하고 싶어졌다. 이 관계가 깨지지 않고 무사히 이어지기를 더없이 바랐다.

나는 조용히 다가가 배연이 옆에 앉았다. 배연이가 왜 이제 왔냐며 내 팔짱을 꼈다. 그러고는 줄 이어폰 한쪽을 내 귀에 꽂아 주었다. 처음 듣는 노래였는데 사랑에 관한 노래였다.

"너 혹시 우리 학교에 좋아하는 애 없어?"

노래가 끝나고 배연이에게 물었다. 오늘 아침, '찐우정모음zip' 계정에 올라온 릴스를 보자마자 떠올렸던 질문이었다.

친해지고 싶다면 비밀 하나를 공유해 보세요.

새로 전학 온 배연이에게 벌써 그런 상대가 생겼을 리는 없을 테고, 사실은 내 비밀을 공유하기 위한 질문이었다.

"어? 왜? 아직 없는데……"

"난 있는데. 비밀 지키겠다고 약속하면 말해 줄게."

어느새 나도 배연이를 닮아 거리낌없이 툭 터놓고 말하게 됐다.

"뭐 이상하거나 나쁜 쪽의 비밀이 아니라면 궁금하긴 해."

그런 건 절대 아니었다. 비밀을 말할 생각에 가슴이 마구 두근거렸다.

"나 우리 반에 좋아하는 애 있거든. 누굴 진지하게 좋아해 본 건 이번이 처음이야."

"뭐야? 그럼 첫사랑이라고?"

나는 고개를 끄덕였다. 배연이가 큰 소리로 "그게 누군데?"라고 외쳤다. 나는 "쉿!" 하며 목소리를 낮췄다.

"임수호. 알지? 우리 반."

"뭐? 임수호? 왜?"

배연이는 조금 놀란 듯했다. 그럴 만했다. 맨날 게임 이야기만 하고 쓸데없는 농담만 하다가 가끔 진지하게 일침을 툭 던져서 모두를 놀라게 하는, 도무지 한마디로 설명되지 않는 애가 바로 임수호다.

"사람이 이유 없이 좋은 게 진짜 좋은 거라며? 사실 나도 걔가 왜 좋은지 모르겠어. 그냥 좀 엉뚱한 게 귀엽기도 하고."

갑자기 고백해 놓고는 민망해서 실실 웃고 있는데 배연이는 아무 말 없이 나를 바라봤다.

"아무한테도 말하지 마. 서림이도 모르고, 나 혼자 의식하는 것도 민망해서 일기장에도 못 쓰고 있으니까."

"근데 그걸 왜 나한테 말해 주는 거야?"

"너는 내 비밀 잘 지켜 줄 것 같아서. 그리고 내가 무슨 말 하면 너 되게 잘 들어 주잖아."

"그래? 나는 네가 내 말을 더 잘 들어 준다고 생각했는데."

"우리 또 같은 생각했네. 진짜 신기하다."

배연이가 '그러네' 하고 말끝을 흐렸다. 그때 서림이가 공원 입구에서 걸어오는 게 보였다. 배연이가 서림이를 향해 크게 손을 흔들었다. 빼 놓은 이어폰 안에서 노래가 계속 흘러나오고 있었다. 벤치 위에 놓인 배연이의 휴대폰 화면에 노래의 제목이 떠 있었다.

♬ 친구의 친구를 사랑했네

비밀의 배신 ×

비밀을 터놓은 기념으로 요즘 유행하는 카피바라 스퀴시 키링을 샀다. 비밀은 배연이와 둘이 나눴지만 서림이 것까지 세 개를 샀다. 처음엔 셋이 다니는 게 조금 어색하지 않을까 걱정도 했다. 하지만 우리는 똑같은 세 마리의 카피바라처럼 서로서로 맞춰 가며 어울리는 조합이 되었다.

편의점에서 컵라면과 삼각김밥을 사 먹고 별빛 공원에 앉아 시시콜콜한 이야기를 나누는 중이었다. 나는 어젯밤 예쁘게 포장한 키링을 둘에게 나눠 줬다. 나의 깜짝선물에 배연이, 서림이 입이 동시에 벙싯 벌어졌다.

"스퀴시 키링인데. 기분 안 좋을 때 이거 만지고 있으면 좋아진대. 다들 알지?"

"맞아. 이거 지난번에 카이젤이 왔츠 인 마이 백에서 공개한 거 아냐? 금방 품절 떴던데."

배연이는 역시 이런 쪽엔 소식이 빠르다.

"그래서 이거 되게 어렵게 구했어. 정품이라 가격도 비싸서 나 용돈 모아 둔 거 탈탈 털었다."

배연이가 꺅 소리를 지르며 내 목을 끌어안았다. 배연이는 유달리 스킨십을 좋아했다.

"얘 뚱한 게 되게 귀엽게 생겼다."

포장을 먼저 풀은 배연이가 스퀴시를 보며 말했다. 서림이도 포장지를 벗겨 냈다. 나도 주머니에서 같은 카피바라 스퀴시를 꺼냈다. 우리는 동시에 카피바라를 쥔 손을 모아 놓고 카피바라를 주물럭거렸다.

배연이가 이때라면서 휴대폰으로 사진을 찍었다. 마침 별빛 공원의 가로등 불이 탁 켜지면서 사진에 빛 번짐 효과가 생겼다. 그 덕분에 오히려 사진이 훨씬 더 느낌 있게 바뀌었다. 배연이는 오늘 당장 인스타그램에 올려 세상 모두에게 유민하의 선물임을 자랑하겠다고 했다. 용돈을 탈탈 턴 보람이 넘쳐흘렀다.

"근데 확실히 이거 효과 있다. 만지다 보니까 기분이 점점 좋아지는 것 같아."

배연이 말에 서림이가 물었다.

"왜? 무슨 일 있어?"

선물받고 좋아하며 수다를 늘어놓던 배연이가 갑자기 시무룩한 표정이었다.

"엄마가 빨리 들어오라고 자꾸 문자 보내."

배연이가 성가시다는 듯 휴대폰을 가방 앞주머니에 넣어버렸다.

"그리고 공연 보러 가고 싶은데 엄마가 절대 안 된대. 티켓팅도 이번 주까진데 용돈 모아 놓은 것도 없고, 가고는 싶고 그래서⋯⋯."

배연이가 자기답지 않게 한숨을 폭 내쉬었다.

"네가 좋아하는 '그린이라면' 공연?"

"서림이 네가 그걸 어떻게 알았어?"

"네가 인스타 피드 배경 음악으로 자주 올리잖아. 들어 보니까 나도 좋긴 하더라고."

배연이에게 내 비밀을 말해 준 그날 벤치에서 나눠 들었던 '친구의 친구를 사랑했네'라는 노래도 '그린이라면'이 옛날 노래를 커버한 거라고 했다.

"너무 가고 싶어서 밤에 잠도 안 와. 우리 엄마는 절대 허

락해 주지 않을 사람이라서 더 가고 싶은 거 있지. 콘서트
도 당장 다음 주 주말인데. 아 우울해!"

배연이는 엄격한 엄마 때문에 종종 힘들어했다. 나는 인
디 밴드 같은 것에 큰 관심도 없고 공연을 보러 다니지도 않
는다. 그건 서림이도 마찬가지다. 그런데 시무룩하게 앉아
있는 배연이를 보니 돕고 싶은 마음이 들었다. 휴대폰으로
콘서트 티켓값을 확인해 봤다. 가장 저렴한 좌석이 1인에 3
만 원이었다.

집에 돌아와 보니 아빠가 집에 벌써 와 있었다. 준하는
팔짱을 낀 채로, 아빠는 어깨를 축 늘어뜨린 채로 식탁에
앉아 있었다.

"집안 분위기 왜 이래?"

준하가 나더러 이리 와서 앉으라는 손짓을 보냈다.

"가게 매출이 너무 저조해. 이거 좀 봐."

아빠는 그날 다 팔지 못한 빵을 늘 집으로 가져온다. 그
걸 해치우는 건 나와 준하, 엄마의 몫이었다. 그런데 오늘은
집으로 온 빵이 너무 많았다.

"그러니까 레시피를 바꾸는 게 아니었어."

준하는 예전 소금빵이 더 촉촉하고 맛있었는데 왜 바삭
한 식감으로 바꿨냐며 이의를 제기했다.

"요즘엔 바삭한 소금빵을 하는 곳도 있다고 해서 한번 해 봤지."

아빠는 촉촉한 소금빵은 이미 여러 곳에서 많이 팔아서 경쟁이 치열하다고 했다. 또 고객들도 여러 가지 맛을 경험할 권리가 있다고 했다. 아빠는 올해 초 엄마와 자신의 이름에서 한 글자씩 따 '하하호호 베이커리'를 열었다. 자기 가게를 운영해 보고 싶다는 소원을 이루기 위해서였다. 아빠는 소문난 베이커리에서 레시피를 배우고 수습 기간을 거쳐 카페를 열었다. 하지만 장사는 결코 쉽지 않은 듯했다.

"그게 아직 소문이 덜 나서 그래. 곧 입소문 나겠지."

"아빠! 무턱대고 긍정 마인드로 밀어붙인다고 될 일이 아니야."

우리 집에서 나이도 제일 어린 녀석이 눈치 없이 입바른 소리를 할 때면 이따금씩 손절 욕구가 올라왔다. 마침 엄마가 퇴근하고 집으로 돌아왔다. 엄마도 집에 오면 아빠가 가져온 빵의 양을 먼저 확인했다. 하지만 실망하거나 속상한 기색을 보인 적은 단 한 번도 없었다.

"내일은 다 팔 거지?"

아빠가 '그럼' 하고 대답했다. 엄마는 긴말은 하지 않는다. 대신 옆에서 기다려 주는 편이다. 때론 누군가에게 이러

쿵저러쿵 말을 얹기보다 가만히 있어 주고, 그 사람이 원하는 대답을 가볍게 해 주는 것이 더 도움이 된다고 했다. 엄마를 따라 안방으로 들어갔다. 아빠 때문에 집안 분위기가 좀 그렇긴 하지만 그래도 내겐 그만큼 중요한 일이었다.

"왜? 뭐 또 사 달라고?"

엄마는 역시 모르는 게 없다.

"나 콘서트 가려고 하는데 티켓 예매 좀 해 주면 안 돼?"

"누구 콘서트를 누구랑 가는데?"

"응, 서림이랑 다른 친구 또 있어. 인디 밴드 공연이라는데 꽤 유명한가 봐."

내 설명에 엄마는 '친구의 친구를 사랑했네'라는 노래를 안다며 그 곡을 커버한 곡이 요즘 여기저기서 많이 들린다고 말했다.

"그럼 네 것만 예매하면 되는 거지?"

"아니, 내가 대표로 세 장 예매하기로 했어. 자리를 같이 앉아야 하는데 그러려면 한 사람이 예매하는 게 좋대. 근데 있잖아. 엄마, 서림이는 티켓값 줄 거고, 다른 애는 내가 표 사 주고 싶은데 안 되겠지?"

엄마는 누구한테 협박당하는 일이라도 있냐며 걱정하는 눈치였다. 나는 그게 아니라 내가 정말 좋아하는 친구인데 사정상 못 가는 거라서 함께 가고 싶다고 말했다. 그리고 배연이 사진을 엄마에게 보여 줬다. 엄마는 잠시 고민을 하는 듯했다.

"대신 한 달 동안 집안일 열심히 도와주기다. 엄마 이번 달부터 회사가 바빠지기도 하고."

나는 크게 고개를 끄덕였다. 당연히 엄마와의 약속을 지킬 거다. 그래야 내가 산 티켓에 가치가 생긴다.

"나는 엄마가 내 엄마라서 너무 좋아."

엄마 품으로 파고들자, 엄마가 피식 웃으며 내 등을 토닥여 주며 말했다.

"걔한테 잘하라고 해. 너 같은 친구가 있어서 얼마나 좋겠니?"

배연이도 분명 그렇게 생각할 거다.

엄마가 콘서트 예매 확정 문자를 내 휴대폰으로 보내 줬다. 나는 우리 셋이 만든 단톡방에 그 문자를 보냈다. 그리고 이 문자를 올리기 전에 서림이에겐 먼저 말을 해 주었다. 서림이는 자기 티켓값은 현정이 이모를 통해서 우리 엄마에게 보내 주겠다고 했다. 배연이에게만 표를 사 준다고 하기가 좀 껄끄러웠는데, 역시 서림이는 서림이다웠다.

보낸 지 몇 초 되지 않아 배연이 톡이 올라왔다.

다들 이것 좀 봐 줄래?

배연

깍!! 이거 뭐야? 예매한 거야? 누가?
세 장이야? 설마 나 빼고 세 명이야?

그런 거면 너한테 보낼 이유가 없잖아.
당연히 우리 셋이지.

배연

감동이야ㅠㅠ
그런데 나 당장은 티켓값 못 주는데
어떡해?

배연이의 'ㅠㅠ' 표시를 보자 웃음이 났다.

내가 너한테 주는 선물이야.
그냥 같이 가서 즐기기만 하면 돼.

배연이는 '좋다', '신난다'를 표현할 수 있는 이모티콘을 줄
줄이 올렸다. 들떠 있는 배연이의 감정이 충분히 전달됐다.

그럼 콘서트 계획 짜야 하는 거 아냐?

서림

> 준비? 그런 게 필요해?
> 그냥 가서 보면 되는 거 아냐?

배연

> 좋은 생각이야. 우리 옷 맞춰 입고 갈까?
> 그리고 근처에 맛집도 내가 찾아볼게.

우리는 콘서트에 관한 이야기를 한참 나눴다. 별 관심 없어 하던 서림이도 기대하는 눈치였다. 침대에 누워 카피바라 스퀴시를 손에 쥐었다. 기분이 좋을 땐 이 스퀴시가 내마음을 더 몽글몽글 부드럽게 만들어 줬다.

배연

> 티켓 정말 그냥 받아도 되는 거야?

아까 단톡방에서 티켓값 이야기 나온 것이 마음에 걸렸는지 배연이에게서 갠톡이 왔다.

> 선물이야. 생일 선물.

엥? 내 생일 겨울인데.

알아. 미리 주는 생일 선물.
올해 생일에 너에게 첫 번째로 선물 준
사람이 나인 거다?

앞으로도 네가 첫 번째일 거야.
그리고 매번 너한테 받기만 해서
미안해.

배연이가 카피바라 키링 위에 손 하트를 함께 찍은 사진
을 보냈다. 배연이가 좋으니까 나도 좋았다.

나도 너한테 받은 거 많아.
늘 날 웃겨 주고, 내가 새로운 걸 시도
하게 해 주잖아. 버스 탈 때도 네가 매
번 안쪽 자리 나한테 양보해 주는 것도
난 다 알고 있었다고!

그뿐만 아니다. 배연이는 존재 자체로 나에게 선물 같았
다. 서림이를 좋아하긴 하지만, 엄마들이 아니었다면 이렇

게까지 친해지긴 어려웠을 것이다. 나는 어른들 관계의 연장선이 아닌, 처음부터 내가 직접 사귀고 마음을 주고받을 수 있는 친구를 기다려 왔다.

대화를 마치고 콘서트 예매 확정 문자를 다시 확인했다. 교통편 때문에 어디서 만나야 할지 보려고 했는데, 예매 문자 아래에 이벤트 공지가 보였다.

가족, 연인, 친구들 사이에서 느꼈던
그린 라이트를 들려주세요.
여러분의 '특별한 사연'을 공연 당일 소개해 드립니다.

어떤 사연이 특별한 걸까? 물론 이런 질문에 정답이란 건 없다. 하지만 요즘 나에게 특별한 친구들은 있다. 그 친구들 덕분에 하루하루가 즐겁고, 색다르다. 그동안 겪어 온 수많은 손절도, 결국 우리 셋을 더 가까이 이어 주기 위한 과정이었던 것 같았다. 이건 또 다른 종류의 '깨달음'이었다. 컴퓨터를 켜고 하얀 화면을 바라봤다. 어떤 말을 써야 우리가 더 특별하게 보일지 생각했다. 몇 자를 쓰다 지우기를 반복했다. 시간이 가는 줄도 몰랐다.

*

   반 애들은 우리 셋이 콘서트를, 그것도 유명 아이돌의 콘서트도 아닌 잘 알려지지 않은 인디 밴드의 콘서트를 간다는 사실에 은근한 관심을 보였다. 배연이 인스타에 자주 올라오는 그 밴드가 맞냐며 묻는 애들도 있었고, 배연이가 좋다고 하면 한 번쯤 다시 보게 된다고도 했다. 나도 그 취향에 같이 물들어 갔다.

   "셋이 갔다가 둘만 돌아오는 거 아냐?"

   김민주가 '관계의 비밀'이라는 책을 껴안고 나타나 비아냥거렸다. 책 띠지에 유럽 전역을 휩쓴 베스트셀러라는 소개가 적혀 있었다.

   "넌 남 일에 관심도 참 많다."

   "나도 들은 이야기야. 네 가위질에 배연이가 언제 잘려 나갈지, 애들은 그게 궁금한가 봐."

   "절대, 절대 그럴 일 없어."

   "하긴. 너처럼 관계 잘 맺고 끊는 애가 사람 잘못 봤을 리 없잖아. 안 그래?"

   김민주는 별일 아니라는 듯 들고 있던 책을 내게 내밀었다. 그러고는 '이 책 읽어 봤다고 했지?'라고 물었다. 난 그런 말을 한 적이 없어서 당황했지만 티 내지 않았다. 김민주를 손절한 이상 더 마음을 쓸 이유는 없다.

*

휴대폰 속 시간을 몇 번이나 확인했는지 모른다. 지하철역에서 11시 30분에 만나기로 했는데 이제 5분도 채 남지 않았다. 여기에서 콘서트 공연장은 지하철로만 꼬박 48분을 가야 한다.

"거봐. 내가 11시에 만나자고 했잖아."

내 말에 서림이도 굳은 얼굴이 됐다.

"그럼 뭐 해. 배연이가 지금까지도 안 오는데."

오늘부터 본격적인 더위가 시작된다더니, 서림이의 하얀 볼이 볼 터치를 한 것처럼 빨갛게 달아올랐다.

"그냥 우리끼리 먼저 갈까?"

하지만 그럴 수는 없다. 이 콘서트는 배연이가 없다면 의미가 없다. 애초에 배연이를 위해서 계획한 일이었다.

"전화를 왜 안 받는 거야."

어젯밤에 오늘 입고 와야 할 옷과 모자를 확인했고, 제일 먼저 나와서 기다릴 거라고 한 건 배연이었다. 그런데 이 시간까지 전혀 연락이 되질 않았다.

"무슨 일 생긴 건 아니겠지? 엄마한테 걸린 거 아닐까?"

서림이 말에 그럴 수도 있겠단 생각이 들었다. 하지만 그렇더라도 최소한 못 온단 말은 해 줘야 하는 게 아닌가. 멍하니 시계만 바라볼 수밖에 없어 답답했다. 받지도 않는 전화를 계속 걸었다. 평정심을 잘 유지하는 서림이 표정도 점점 굳어졌다. 나야 배연이가 좋아서 나선 콘서트지만 서림이는 이도 저도 아닌 상태로 따라왔으니 더 눈치가 보였다.

"일단 우리끼리 출발하자. 그렇다고 콘서트를 안 볼 순 없잖아."

서림이는 일단 이동하면서 연락을 기다리자고, 나중에라도 배연이가 온다면, 그쪽으로 바로 오는 게 나을 거라고 했다.

"근데 혼자 오기엔 너무 먼 거리잖아. 잘 올 수 있을까?"

공연장까지는 환승을 세 번이나 해야 했다. 머릿속이 어지러웠다. 왜 이런 고민을 해야 하는지 짜증이 났다. 나는 마지막 시도로 인스타그램을 열어 디엠을 전송했다.

> 남배연 너 뭐야.
> 전화 좀 받아. 제발!

화가 났지만 걱정스러운 마음도 있었다. 다시 휴대폰을 닫으려는데 실수로 임수호의 인스타 스토리를 누르고 말았다. 그리고 스토리 속에서 배연이의 뒷모습을 보고 말았다. 청바지에 빨간색 크롭티, 빨간색 캡 모자를 쓴 배연이가 별빛 공원을 뛰어나가는 뒷모습을 멀리서 찍은 사진이었다. 콘서트 준비로 옷을 맞추지 않았다면 배연인 줄 몰랐을 거다.

별빛 공원 앞에는 시계탑이 있는데, 스토리 속 시계는 11시 37분을 가리키고 있었다. 불과 1분 전에 올라온 사진이었다. 그리고 때 맞춰 배연이에게서 전화가 왔다. 수호의 인스타에 올라온 사진이 어떤 의미인지, 왜 그 시간에 배연이가 수호와 함께 있었는지 알 수 없다.

배연이의 전화를 받을 수 없었다. 내가 머뭇거리자 서림이가 대신 내 휴대폰을 받았다. 휴대폰 너머로 배연이 목소리가 흘러나왔다.

"아, 미안해. 진짜 미안해. 지금 갈게. 어디 있어? 너희들?"

"지하철역에서 너 기다리고 있어. 빨리 와."

서림이가 내게 핸드폰을 건네주면서 안도의 한숨을 쉬었다. 나는 다시 수호의 인스타 스토리를 확인했다. 그사이 또 다른 스토리가 새로 올라왔다. 까만 바탕에 하얀색 글씨로 '꼭 연락해. 헤어지자는 말은 하지 말고.'라고 쓰여 있었다. 그건 분명 배연이에게 하는 말이었다.

'뭐야. 둘이 사귀고 있었던 거야?'

혹시 잘못 본 건가 싶어서 다시 스토리를 확인해 보니 스토리 사진 두 개가 모두 지워져 있었다.

얼굴이 화끈거렸다. 나는 배연이에게 수호를 좋아하고 있다는 걸 처음으로 고백했다. 그런데 배연이는 수호랑 사귀고 있었던 거다. 게다가 비밀 남자 친구와 노느라 우리와의 소중한 약속 시간에 나타나지 않았다. 이건 더 나쁜 거다.

"민하야, 너 왜 그래?"

서림이가 내 얼굴을 살폈다.

"배연이 온대. 빨리 가면 입장 시간 맞출 수 있어."

하지만 그러고 싶은 마음이 이미 다 사라져 버렸다.

"아냐. 됐어. 난 안 갈래."

서림이가 당황한 듯 왜 그러냐고 물었다.

"배연이도 급해서 뛰어오는 것 같은데. 일부러 늦은 건 아닐 거야."

내가 왜 이렇게 화가 났는지 그 이유를 서림이는 모르겠지만, 배연이를 옹호하는 서림이의 말에 기분이 더 상해 버렸다.

"기다려 보자. 배연이 말도 들어 봐야지. 콘서트도 가야하잖아. 3만 원이나 썼는데."

조금도 내 기분을 배려하지 않은 말이었다. 더구나 아무렇지 않게 배연이 얼굴을 볼 자신도 없었다. 이미 수호는 배연이에게 내가 자신을 좋아한다는 걸 들었을 거다. 내가 스토리를 본 것까지 알게 된다면 어떻게 학교에서 얼굴을 들고 다닐 수 있을까. 하지만 가장 참을 수 없는 건 배연이에게 쏟았던 내 진심이 모두 휴짓조각이 됐다는 점이었다.

"아, 아냐. 나 못 갈 것 같아."

나는 그대로 지하철역 밖으로 뛰쳐나갔다. 뒤에서 서림이가 내 이름을 부르며 왜 그러냐고 소리쳤지만, 그저 앞만 보고 달렸다. 지하철역 밖으로 빠져나왔을 때 햇볕이 너무 강렬해 얼굴이 저절로 찡그려졌다. 요아비에서 배연이와 만난 날, 라즈베리를 씹던 배연이의 찡그린 얼굴이 떠올랐다. 지하철 역사 앞 휴대폰 매장에서 노래가 흘러나왔다.

♬ 친구의 친구를 사랑했네.
눈 오던 날이던가 벤치에 홀로 앉아⋯⋯.

별빛 공원 벤치에 앉아 있던 배연이 모습이 떠올랐다. 수호와 그 벤치에 앉아 내 비밀 고백에 대해 이야기했을지도 모른다.

'이런 노래를 들은 것도 다 날 갖고 논 거 아냐? 내가 수호 좋아하는 거 뻔히 알면서.'

주머니 속에 넣어 둔 휴대폰이 계속 울렸다. 머릿속에서 지진이 날 것 같았다. 그때 지하철역 쪽으로 뛰어오고 있는 배연이와 마주쳤다. 냉정한 표정을 지으며 지나치려는데, 지하철 역사 안으로 뛰어 들어가던 한 아저씨가 팔을 휘두르는 바람에 내 캡 모자가 벗겨지고 말았다. 모자는 바닥에 나동그라졌고, 하필이면 배연이 쪽과 가깝게 떨어졌다. 그 아저씨는 배연이가 모자를 줍는 걸 보고 지하철역 안으로 쏙 들어가 버렸다.

"민하야, 미안해. 많이 기다렸지."

배연이가 내 모자에 묻은 먼지를 툭툭 털어 내며 안타까운 표정을 지었다. 그런 표정이면 내가 아무 일도 없던 것처럼 봐줄 줄 알았던 모양이었다. 내가 그냥 지나가려 하자, 배연이가 어쩔 줄 모르는 표정으로 내 팔을 붙잡았다. 늘 다정하기만 했던 배연이의 손이 축축하게 느껴졌다.

'너 수호랑 사귀어?'

목구멍에서 말이 맴돌았다. 입 밖으로 나오질 않았다.

"가자. 우리 콘서트 늦겠어."

"나 안 가. 갈 거면 너나 가. 아, 서림이랑 가. 걔는 너 기다리고 있으니까."

"왜? 화났어?"

당연한 말을 묻는 의도가 도대체 뭘까? 콘서트는 오로지 배연이만을 위한 이벤트였다. 3만 원은 적은 돈이 아니다. 3만 원을 벌려면 아빠는 빵을 몇 개나 팔아야 할까? 그런데도 배연이를 위해 표를 예매했다. 좋아하지도 않는 인디 밴드였지만 배연이가 좋아하니까 나도 좋은 마음이었다. 난 그뿐이었는데, 배연이는 내 마음과 비밀을 배신했다.

"너라면 화 안 나겠니? 그리고 너 늦었으면 왜 늦었는지 그것부터 설명해야 하는 거 아냐?"

나는 잘못한 게 하나도 없는데 나만 억울했다.

"아 그거⋯⋯. 그게 말이야⋯⋯."

숨기려고만 하는 모습은 더없이 실망스러웠다. 내가 이제껏 알던 배연이가 지금 내 눈앞의 배연이와 다른 아이 같았다. 내가 자신의 비밀을 알게 됐다는 걸 알면 배연이는 어떤 표정을 지을까 궁금했다. 하지만 도저히 입 밖으로 그 말이 나오지 않았다.

"됐어. 이제 들을 필요도 없으니까."

♬ 친구의 친구를 사랑했네……

휴대폰 매장에서 흘러나오는 노래가 클라이맥스로 향해 가며 나를 놀려 댔다. 이럴 때면 늘 머릿속에 인간관계 쇼츠 내용들이 떠올랐다. 원래의 나라면, 결정하는 게 맞다. 손절. 손절. 배연이를 손절.

*

집으로 돌아오면서 배연이와 서림이의 전화, 메시지를 모두 받지 않았다. 집에 돌아와서 오늘 맞춰 입고 간 청바지와 민트색 크롭티, 민트색 캡 모자를 옷걸이 아래에 처박았다. 배연이는 빨간색, 나는 민트색, 서림이는 검은색을 맞춰 입었다. 빨간색, 검은색의 티셔츠와 모자가 있던 배연이와 서림이는 돈 한 푼 쓰지 않았지만 나는 민트색 착장을 새로 사야 했다. 게다가 민트색 모자는 바닥에 떨어지는 바람에 제대로 써 보지도 못하고 헌것이 되어 버렸다. 배연이에게 배신당한 내 마음 같았다.

서림

우리도 콘서트 안 갔어.
이거 보면 연락해.

하지만 가지 않았다고 해서 달라질 건 없었다. 지금 내 마음속엔 손절이란 단어가 가득 차 있었다.

'한 번 아닌 사람은 영원히 아니다.' '사람은 고쳐 쓰는 것이 아니다.'란 쇼츠는 내가 긍정 댓글까지 단 최애 영상이었다. 다른 애들을 손절할 때도 두 번 고민하지 않았다. 어차피 손절할 거 고민은 시간 낭비일 뿐이라고 믿었다.

배연

민하야, 전화 좀 받아 줘. 응?
학교에서 말하기 어려운 얘기야.
지금 꼭 통화하고 싶어.

"아, 맞아. 학교……."

내일 온종일 교실에서 배연이와 서림이를 마주쳐야 한다. 우리 반 애들뿐 아니라, 다른 반 애들한테도 우린 항상 눈에 띄었다. 어쩌다 합리적 프로손절러가 된 나와, 눈에 띄고 활달한 전학생 배연이 그리고 똑똑하고 야무진 서림이까지. 우리 셋을 신선한 조합이라고 생각하는 애들도 있었지만 아니꼽게 보는 애들도 있었다. 어떻게 얻은 내 이미지인데, 그걸 한순간에 내 손으로 무너트릴 순 없었다. 그러고 싶지 않았다.

"배연이랑 틀어진 걸 알면 다들 한마디씩 보낼 텐데……. 아, 어쩌면 좋아."

거기다 서림이, 수호까지 신경 쓰이는 게 한두 개가 아니었다. 그렇다고 이대로 아무렇지 않은 척 평소와 같이 저 애들을 대할 순 없었다. 그러기엔 내가 입은 상처가 너무 컸다.

"거기다 배연이는 수호가 나보다 더 중요했다는 거잖아."

우정보다 사랑을 선택했다는 것도 나로서는 너무 섭섭한 일이었다. 수호는 내가 자신의 스토리를 본 걸 확인했을 테고, 배연이는 수호에게 내가 화났다는 걸 분명 말했을 거다.

"서림이에게 말해 볼까?"

하지만 나보다 배연이를 더 챙기는 것 같은 서림이에게도 화가 났다.

'뭐야. 내 덕분에 셋이 같이 다니게 된 건데. 나보다 둘이 더 끈끈했던 거야?'

마음이 제멋대로 뻗어 나가 결론을 맺고 있었다. 다른 애들을 손절할 땐 서림이가 든든하게 내 옆에 있어 주었는데 지금은 아닌 것 같았다. 화와 의심은 자꾸만 꼬리에 꼬리를 물고 몸집을 부풀려 나갔다. 그걸 끊어 내야 했다.

"손절밖에 답이 없어. 그냥 잘라 내야 해. 그게 맞잖아."

손절할 이유는 차고 넘쳤다. 배연이는 만나자고만 할 뿐 아직도 내게 사실을 말하지 않았다. 지금까지의 나라면 이런 상황에서 단칼에 관계를 잘라 냈을 것이다. 그런데 이상하게도 이번엔 가위가 들지 않았다. 생각을 정리하려 할수록 더 복잡해졌고, 답답함만 커졌다. 대나무 숲이라도 있었으면 하는 찰나, 최근 유명해진 온라인 커뮤니티 하나가 떠올랐다.

*

'십 대들을 위한 대한민국 최대 고민 상담소, 십대고' 이름은 고민 상담소였지만, 스포츠·유머·심리·영화 등 다양한 카테고리가 나뉘어 있었다. 그중에서도 가장 활발한 곳은 역시 고민 상담 게시판이었다. 이미 수많은 글이 올라와 있었고, 지금 이 순간에도 새 글이 계속 업데이트되고 있었다. 가입하자마자 승인 알람이 울렸고, 바로 고민글을 쓸 수 있게 되었다. 이 많은 고민 중에 내 고민을 섞는 건 어렵지 않아 보였다. 오히려 제삼자가 더 객관적인 해결책을 줄 수 있을 거란 생각이 들었다. 게다가 익명 게시판이라 마음 편히 글을 쓸 수 있을 것 같았다.

오늘 있었던 일을 하나도 빠짐없이 최대한 객관적으로 적었다. 답답한 마음을 얼마나 풀어내고 싶었던지 키보드 위에서 열 손가락이 전력 질주했다. 책상 위에 올려놓은 카피바라 스퀴시가 나를 빤히 쳐다보고 있었다.

뜨거운 댓글 ×

간밤에 '십대고' 고민글에 달린 댓글을 읽다 늦게 잠들었
는데, 평소보다 눈이 일찍 떠졌다. 아침에 일어나 휴대폰을
확인해 보니 내가 잠든 새벽 사이에 댓글이 폭발적으로 늘
어나 있었다.

내 짝남이랑 몰래 사귀고 있었던 친구, 손절각?

👤 익명　　　　　　　　　　　　　🔍 댓글 109

나 자칭 타칭 프로손절러임.

마음 안 맞으면 바로 정리하는 편이고, 그래서 친구 때문에 오래 고민하지 않음. 좀 쎄하다 싶은 애들은 내가 다 손절 치니까 나보고 사람 보는 눈이 있다고 함.

솔직히 손절할 때마다 친구 관계에 현타 왔는데 어느 날 B가 운명처럼 우리 반에 전학 왔어. 진짜 신기할 정도로 잘 맞았고 순식간에 친해졌어.

이건 진짜다 싶어서, 내 첫사랑이자 짝사랑 상대 S 얘기도 솔직하게 다 했고, B가 가고 싶어 하던 콘서트 티켓도 내가 엄마 졸라서 예매해 줌. 이 정도면 내가 B한테 얼마나 진심이었는지 알겠지?

근데 콘서트 당일에 B가 연락도 없이 안 옴. 전화, 톡 다 해 보고 마지막으로 디엠까지 보냈음. 그러다 우연히 S 스토리를 봤는데, 약속 시간에 B랑 S가 같이 있었음. 알고 보니 둘이 몰래 연애 중이었던 거.

더 어이없는 건, 그 뒤에 아무 일 없다는 듯 약속 장소로 와서 "이제 콘서트 가자." 이러는 거야. 솔직히 말해서 어이가 없었고, 화났고, 머리 하얘짐. 이 상황에서 안 빡치는 게 이상한 거 아냐?

그래서 지금 고민 중임. 솔직히 마음 같아선 B를 100번이라도 손절하고 싶은데 망설여지는 이유 좀 봐줘.

1. B는 학교에서 이미지가 좋은 편. 함부로 쳐냈다가 내 안목 신뢰도가 떨어질 수 있음.
2. 다른 애들이랑도 사이 애매해질 가능성 있음.
3. S 좋아했던 것도 같이 들킬 확률 큼.
4. 지금까지 B한테 쏟은 정성이 너무 아까움.

근데 사실 제일 신경 쓰이는 건 1번이야. 그동안 잘 쌓아온 이미지를, 다들 부러워했던 이 관계를 내 손으로 무너

뜨리는 게 싫어.

B한테 배신당한 것도 빡치는데 S랑 주변 시선까지 신경 써야 하는 상황 자체가 개짜증 나기도 하고. 이거 손절하는 게 맞을까?

Q 댓글 ▼

빌런 잘 걸러 왔다며. 이걸 왜 고민하지?

손절은 그냥 너 자신을 지키는 거야. 네가 상처받았다면 칼같이 잘라 내는 게 맞아.

└ B 뭐야? 걍 남미새 아님???
└ ㄱㄴㄲ 지독한 남미새한테 잘못 걸린 듯.
└ 여적여 살벌하다 살벌해.

네가 비밀 말했을 때 B는 모른 척했다는 거지? 얘는 여기 서부터 틀렸어. 너를 친구로 생각했다면 너한테 사실대로 S랑 사귀고 있다고 말했어야지. 너만 바보 된 거잖아.

└ 바보도 되고 호구도 됐지. 티켓값 어쩔.

> └ 티켓값 다시 달라고 해야지.
>   이런 꼴 당하려고 사 줬겠냐고!!!

댓글을 읽기만 해도 답답했던 가슴이 뻥 뚫리는 것 같았
다. 세상엔 이렇게 똑똑하게 자신을 지키는 사람이 많았던
거다.

"남배연이 남미새가 되었다니……."

자타 공인 프로손절러인 내가 남미새를 걸러 내지 못했
다.

> 너한테 제일 중요한 건 뭐야? 인간 감별사 이미지?
> 짝사랑하는 남자애? 아니면 진심이었던 그 애와의
> 우정?

그런데 댓글 하나에 눈물이 핑 돌았다. 어떤 것을 얻고,
어떤 것을 버려야 할지 생각했다. 분명한 건, 배연이가 내
비밀을 배신했다는 거다. 날 두고 수호랑 둘이 무슨 이야기
를 했을까? 생각할수록 수치스럽고 화가 났다. 믿었던, 아

니 좋아했던 친구에게 어떻게 이럴 수가 있는 걸까? 이해할
수 없었다.

15초 멘탈스낵에서 본 한마디가 떠올랐다. '무엇보다 중
요한 건 나 자신을 지키는 일입니다.' 마음이 천천히 한쪽으
로 기울었다. 답을 알면서도 위로라도 받자 싶어 올린 게시
글이었지만 씁쓸함이 커져만 갔다.

서림

> 민하야, 너 왜 안 와?
> 이러다 우리 지각해.

집을 나서려는데 서림이에서 메시지가 왔다. 간밤에 배연
이만 생각하느라 서림이까지는 미처 헤아리지 못했다. 하지
만 서림이는 언제나 내 편이니까 조금 시간을 두고 생각하
기로 했다.

> 나 혼자 갈게.

대답은 해 줘야 할 것 같아 답장을 보냈다. 학교로 향하
는 발걸음이 무겁기만 했다.

교실에 들어가자마자 서림이를 찾았지만 어디 갔는지 보이지 않았다.

"민하야, 어제 왜 연락 안 받았어? 학교도 따로 오고……. 내가 네 기분 풀어 주려고 했는데."

대신 배연이가 늘 그랬듯 환한 얼굴로 교실에서 나를 맞아 줬다. 커다란 목소리로 내 이름을 부르자 반 아이들이 우리를 바라봤다. 배연이를 보자 어제 일이 일어나지 않았으면 얼마나 좋았을까 그런 생각마저 들었다.

"있잖아, 우리 어제 콘서트 못 갔잖아. 그래도 나중에 유튜브로 공연 실황 올라온대. 그때 요아비 포장해서 같이 먹으면서 볼까? 이럴 줄 알았으면 그냥 콘서트 예매하지 말걸 그랬나 봐."

배연이가 아무 일 없다는 듯 배시시 웃었다. 수호에 대해선 어떤 변명도 없었다. 내가 인스타 스토리를 봤다는 걸 수호가 말하지 않은 걸까?

"괜히 예매해 가지고, 그치?"

내 정성까지 깡그리 무시해 버렸다. 정말 참을 수 없는 건, 아까운 돈 3만 원이 아니라 모든 걸 자기 멋대로 판단하는 저 태도였다. 어쩌면 배연이가 어제 일에 대해서 내 화를 풀어 줄지도 모른다고 기대하기도 했다. 그런데 풀어 주긴

커녕 배연이가 하는 말은 점점 더 나를 자극했다.

'끝까지 자기 남자 친구만은 지키겠다 이거지. 내가 알거나 말거나.'

내 마음속 각도기가 칼같이 움직였다. 우리 둘 사이의 싸늘한 기류를 눈치챈 몇몇 애들이 말소리를 낮추고 곁눈질을 보냈다. 다들 뭔가 일이 벌어지기를 기대하는 눈빛이었다. 이렇게 된 이상, 나도 프로손절러로서의 모습을 확실히 보여 주고 싶었다.

"남배연, 나 너 손절할게."

배연이 얼굴이 순식간에 굳어졌다. 주변 애들도 모두 놀라는 눈치였다. 그래도 이 애들은 늘 그랬듯이 내 편이 되어 줄 거다. 배연이에게 이런 말을 해서 마음은 아프지만 이건 정말 손절밖에 답이 없는 문제였다.

"왜? 화 많이 났어? 응?"

"넌 내가 왜 화가 난 줄도 모르잖아. 일부러 모른 척하는 거야?"

내 잘못이 아니라는 걸 모두가 들으라는 듯 말했다.

"내가 뭘? 나 그런 거 없어. 나는 그냥……."

앞문으로 수호가 들어오는 걸 봤다. 내 시선이 앞문을 향하자 등지고 있던 배연이도 앞문 쪽을 바라봤다. 그러고는 더 굳은 얼굴로 다시 내게 시선을 돌렸다.

"봤지? 내가 왜 화가 났는지?"

배연이가 입을 다물었다. 애들은 눈치채지 못하고 무슨 일이냐며 웅성거렸다.

"내가 너 손절할 이유로 충분하지? 그러니까 이제 아는 척하지 마."

배연이가 안타까운 눈빛으로 나를 바라봤지만 못 본 척 고개를 돌렸다. 자리로 돌아와 앉는데 김민주가 조르르 달려왔다.

"무슨 일이야? 배연이랑 싸웠어?"

대답하고 싶지 않았다. 김민주가 '맞구나' 하며 고개를 끄덕였다. 아무 말도 듣고 싶지 않아 교실 밖으로 나왔다.

"배연이랑 무슨 일 있어?"

어느새 수호가 따라붙었다. 분명 배연이를 걱정하는 눈빛이었다. 더 이상 뭘 더 숨긴다는 게 의미가 없어졌다. 이런 식으로 내 첫, 짝사랑을 바라보게 될 줄은 몰랐다.

"너도 배연이한테 들었을 거 아냐."

"뭘 들어? 그런 거 없는데."

수호가 당황스럽다는 듯 나를 바라봤다. 뭐가 사실인지 헷갈렸다.

"어제 배연이가 콘서트 늦어서 너랑 틀어진거야? 나한테 말해 봐."

들은 게 없다던 수호는 대뜸 배연이를 감싸고 돌았다. 수호의 이런 모습이 실망스러우면서도 내가 얘를 아직도 좋아하고 있단 사실이 씁쓸했다.

"네가 배연이 변호사라도 돼?"

"응, 맞아."

수호는 변호사가 아니라 수호천사도 될 수 있을 것 같았다. 배연이가 부러웠다. 내가 비밀을 털어놓았을 때 나한테 말해 주지. 아니, 그 전에 둘이 사귀고 있다고 내게 먼저 말해 줬더라면 얼마나 좋았을까.

"너희 둘 비밀 연애하는 거 아니었어? 왜 나한테 티를 내?"

금방이라도 눈물이 날 것 같았지만 혹시 누군가 들을까 봐, 조용히 물었다. 둘의 비밀은 지켜 줘야 할 것 같았다.

"그걸 네가 어떻게 알아?"

"네가 스토리에 어제 남겼잖아."

수호는 스토리를 누가 봤는지 확인도 못 하고 바로 삭제했다고 했다. 내 인스타 아이디가 뭔지도 모르는 눈치였다. 배연이 때문에 나는 내 첫, 짝사랑도 잃었다. 모든 게 다 최악이었다.

*

"얘들아, 과학 수업 실습실로 바뀌었어. 자리 이동하자."

그사이 서림이가 돌아와 아이들에게 알렸다. 애들이 우르르 몰려 나가자, 서림이가 다가왔다. 배연이가 나와 서림이 사이를 지나쳤다. 서림이가 배연이를 빤히 쳐다봤지만, 입술을 깨문 배연이는 금방이라도 울 것 같았다. 김민주가 그런 배연이 옆에 찰싹 붙었다. 둘이 무슨 이야기를 하는지, 또 김민주가 또 어떤 과장을 보태서 있지도 않은 이야기를 퍼뜨릴지 신경 쓰였다.

"배연이한테 뭐라고 했어? 표정 안 좋던데."

"서림아, 너는 내 표정은 안 보여?"

서림이가 입을 꼭 다물었다.

"너 혹시 배연이 손절했어?"

"응. 당연한 거 아냐?"

서림이가 한숨을 내쉬었다. 서림이가 누구를 향해 한숨을 쉰 건지 궁금했다. 몇몇 아이들이 뒷문 쪽에서 우리를 보며 귓속말을 하고 있었다. 서림이가 내게 같이 가잔 말도 하지 않고 교실을 나섰다. 이게 다 배연이 때문이다. 당장

달려가 배연이 책가방에 달린 카피바라 키링을 떼어 버리고 싶었다.

하루가 너무 길었다. 배연이와는 눈을 마주치지 않으려 애써야 했고, 서림이와도 아무 일 없었다는 듯 행동하는 게 어색하기만 했다. 수호는 난감해하며 조용히 눈치를 보는 것 같았다.

"무슨 일 있었는지 말해 주면 안 돼?"

"나중에. 나 오늘 좀 피곤해서."

김민주가 나를 붙잡았지만 간신히 뿌리치고 학교를 빠져나왔다. 안 그래도 배연이와 나 사이를 질투하던 애들이 떡밥을 문 것처럼 모여서 수군거렸다.

"아냐. 곧 내가 왜 손절했는지 소문이 나면 다들 내 선택을 존중해 줄 거야. 예전처럼."

급히 나오느라 서림이에게 간다는 말도 하지 못했다. 배연이가 어떤 표정으로 교실을 나갔는지 궁금하기도 했다. 휴대폰 전원을 켰다. 광고 메시지와 의미 없는 문자들이 와 있었고 '십대고' 댓글 알림이 잔뜩 쌓여 있었다. 내가 올린 글엔 달린 댓글은 200개를 코앞에 두고 있었다.

어떤 댓글에서 내 글을 '투데이 핫글'로 올리자며 부추겼다. 그 댓글을 쓴 사람은 자신도 남미새 친구 때문에 상처

받은 적이 있다며, 이런 애들은 욕을 더 먹어야 한다고 했다. 오늘 하루 억울하고 속상했던 내 마음을 위로해 주는 것 같아 눈물이 핑 돌았다. 얼굴도 모르는 사람이 오히려 내 걱정을 더 많이 해 준다는 게 고맙기도 하고, 서글프기도 했다.

"민하야!"

휴대폰을 보며 걷느라 배연이가 앞에서 나를 기다리고 있다는 걸 몰랐다. 나는 얼른 휴대폰을 주머니에 넣어 버렸다. 그러고는 못 보고, 못 들은 척 옆으로 비켜섰다.

"민하야, 얘기 좀 해. 너 기다렸어."

배연이가 내 팔을 잡았다. 나는 팔을 뿌리쳤다.

"난 너랑 할 이야기 없어."

"그럼 내 이야기라도 들어 줘. 응?"

"무슨 이야기? 네가 수호랑 몰래 사귀고 있었다는 거?"

굳이 이야기하고 싶다고 하니, 내가 아는 걸 말해 주기로 했다.

"둘이 사귀고 있으면서 내 비밀 듣고 혼자 재밌어했다는 거? 그리고 둘이 노느라 우리 연락도 안 받고 약속에 늦었다는 거?"

배연이 표정이 굳어졌다.

"그리고 네가 수호한테 내가 좋아하고 있다고 말한 거?"

이상했다. 다 배연이가 잘못한 건데 눈물이 나올 것 같았다.

"아니야. 그런 거 아니야. 네가 어떻게 알았는지 모르겠지만 수호랑 사귄 건 걔가 하도 매달려서 딱 한 달만 사귀기로 한 거야. 어제도 약속 시간 맞춰 나가는 길이었는데……."

내가 좋아했던 수호가 내가 좋아했던 배연이를 그렇게 좋아했다니. 누구 잘못도 아닌데, 그 말이 내 마음에 기름을 확 끼얹고 말았다. 수호에게마저 배신감이 들었다.

"듣고 싶지 않아. 난 너 손절했으니까."

"손절이라니, 말도 안 돼. 난 계속 잘 지내고 싶어. 너랑도 서림이랑도."

배연이는 욕심도 많다. 전에는 좋게 보였던 모습들이 이제 다 징글맞게 느껴졌다.

"다른 애들한테 못 들었어? 나 원래 손절 잘해."

당황한 배연이 표정을 보는데, 예전에 다른 애들을 손절할 때의 마음과는 조금 달랐다. 가슴 어딘가에서 찌릿한 통증이 느껴졌다. 하지만 그렇다고 여기서 덮고 예전처럼 지낼 수는 없는 일이었다. 확실하게 마침표를 찍어야 한다.

내 손절은 한 번도 실패한 적이 없었다.

*

그날 이후, 학교에 가는 건 꽤 곤욕스러운 일이 되었다. 오늘도 점심을 먹지 않고 도서관에 앉아서 시간을 보내다 교실로 올라가려는데, 서림이가 복도에서 나를 기다리고 있었다. 그러고는 복도 끝에 있는 간이 탈의실로 나를 데려갔다. 간이 탈의실 앞에는 소파가 있다. 서림이가 소파에 앉길래, 따라 앉았다. 잠깐의 침묵을 깨고 서림이가 물었다.

"너 정말 배연이 손절할 거야?"

"응. 직접 말했어. 걔도 알아들었을 거야."

"그래도 이렇게 끊어 내는 건 아니지 않아?"

"서림아, 너는 꼭 내가 손절할 때 못마땅한 반응이더라. 그런데 이번엔 너도 봤잖아. 배연이가 그날 어떻게 나를 물 먹였는지. 이건 손절밖에 답이 없어."

"배연이가 약속 늦게 나온 거? 그래서 콘서트 못 본 거? 이런 걸로 손절하는 게 맞아?"

서림이가 모르는 게 있다. 말해 줄까 하다, 이제 다 끝난 마당에 내가 수호를 좋아했단 얘기까지 꺼내고 싶지 않아서 그만뒀다.

"배연이는 너랑 이야기하고 풀고 싶은데, 네가 피하기만 한다고 속상해하고 있어."

"뭐야? 너희 둘이 내 이야기 한 거야? 그리고 너 왜 자꾸 배연이 편만 들어?"

서림이가 아무 말도 하지 않았다.

"내 말은 그런 게 아니라, 배연이도 어떤 사정이 있었을 수 있으니까 들어 보라는 거지."

"됐어. 이제 다 필요 없어."

"다 각자 사정이 있는 거잖아. 적어도 얘기는 들어 보고 손절할지 말지 결정해야 하지 않아?"

가르치듯 말하는 서림이가 오늘은 정말 마음에 들지 않았다. 나는 지금 선생님이 아니라 내 마음을 이해해 줄 친구가 필요했다.

"자꾸 손절하는 거, 결국 너한테도 상처를 남기는 일이야. 그만해. 안 좋아 보여."

"누구 보기 좋으라고 하는 손절 아니야."

"거짓말, 너 항상 다른 애들 시선 의식하고 있잖아."

서림이가 나를 안타깝게 쳐다봤다. 걱정인지 동정인지 모를 눈빛에 기분이 좋지 않았다.

"난 가끔 네가 멀게 느껴져. 지금도 봐. 배연이 편만 들고 있잖아."

"그래서? 너 나도 손절하려고?"

기가 막혔다. 이쯤 되니 서림이의 말이 다르게 들렸다. 혹시 나와의 손절을 먼저 생각하고 있었던 건 아닐까. 하지만 서림이를 손절할 순 없다. 엄마들 관계 때문만은 아니다. 서림이는 내게 베이스캠프 같은 존재다.

강지나 말대로 나에겐 서림이가 있었기 때문에 많은 애들을 손절하고도 학교생활에 큰 타격이 없었다. 인정하고 싶지 않지만 사실인 부분이다. 하지만 서림이가 이걸 빌미로 내 선택을 재단하려 든다면 생각은 달라질 수밖에 없다.

"너랑 싸우고 싶지 않아. 손절한 거 후회 없어."

서림이가 또 한숨을 쉬었다. 답답하거나 고민이 있을 때 나오는 서림이의 버릇이다. 그 답답한 고민이 나라고 말하는 것 같았다. 서림이가 나를 그렇게 생각한다면 나는 어떻게 해야 할까? 생각이 복잡해졌다.

서림이가 말없이 소파에서 일어나 교실로 향했다. 서림이를 따라가는데 뒤가 따가웠다. 뒤를 돌아보니 간이 탈의실 안에서 누군가 나오다 나를 보고 다급히 탈의실 안으로 다시 들어갔다. 여자애였는데, 하나로 묶은 머리 위에 꽂혀 있는 분홍색 리본 핀이 보였다.

*

교실 문을 빠져나오자마자 휴대폰부터 켰다. 내 글이 '투데이 핫글'에 올라와 있었다. 핫글은 게시판 상단에 볼드체로 올라간다. 평범한 고민글이라고 생각했는데, 내가 느꼈던 배신감과 상처에 공감하는 사람들이 많았다. 댓글엔 나랑 비슷한 경험담들이 많이 올라와 있었다.

핫글이 되자마자 댓글은 더 늘어났다. 배연이를 향한 질타가 오히려 나를 안심시켰다. 내가 틀리지 않았다는 확인 같았다. 내가 무슨 말을 해도 괜찮을 것 같았다. 다들 다음 이야기를 기다리는 눈치였다.

내 짝남이랑 몰래 사귀고 있었던 친구, 손절각? (후기)

 익명 　　　　　　　　　　　　 Q 댓글 0

내 글 핫글 올라갔더라.

댓글 보면서 진짜 많이 위로받았어. 고마워. 덕분에 용기 내서 오늘 그 남미새 손절함. 당황해서 어떻게든 나 붙잡으려고 하는 거, 그냥 단호하게 끊어 냈어.

근데 고민이 하나 더 생겼어. 나한테 J라는 친구가 있거든. 15년 된 친구고 태어나서 처음 사귄 친구야. 완전 모범생에 엄친딸 타입.

그 문제의 콘서트 날에도 같이 있었는데, 얘가 원래 성격이 덤덤한 편이긴 해. 감정 기복도 거의 없고. 근데 이번엔 좀 거슬리는 게 많아서 정리해 봄. 조언 부탁해.

1. 콘서트 날 늦은 남미새한테도 사정이 있었을 거라면서 두둔함.
2. 내가 자꾸 손절하는 거 보기 안 좋다며 지적함.

3. 남미새 손절했다고 하니까 자기도 손절할 거냐고 물어봄.

솔직히 J랑 나는 15년 절친인데, 알고 지낸 지 몇 달도 안 된 남미새 편을 이렇게 드는 게 맞아? 나를 제일 잘 아는 친구라고 생각했는데, 지금 보니까 그냥 내가 착각한 건가 싶다.

거침없이 글을 쓰긴 했는데, 쓰고 나니 기분이 더 가라앉았다.

"내 손으로 이제 남배연을 남미새라고 쓰고 있네."

이렇게 배연이를 부르게 될 줄은 몰랐다. 손절을 했으면 후련해야 하는데, 자꾸만 슬픈 마음이 들었다. 하지만 그 마음에 경고음을 울리듯 댓글 알림이 계속해서 울렸다.

남미새도 모자라 공감력 빻은 T와도 친구라니. 너는 도 대체 어떤 인생을 산 거야?

> ┗ 솔직히 남미새보다 공감력 제로인 애가 더 극혐.
> ┗ 인정. 남미새는 남자만 빠지면 괜찮음. 공감력 없는
>   애는 걍 말이 안 통함.
>
> ---
>
> 너 진짜 외롭겠다. 내가 친구 해 주고 싶을 지경.
>
> ---
>
> 너는 잘못한 거 하나도 없어. 네 친구들이 문제지.
> ┗ '이런 상황에서도 이성적인 나'에 취해서 15년 지기 친
>   구한테 잘잘못 따지는 거 봐라. T병 제대로 걸렸네.

모두가 한마음이 돼서 내 일을 걱정해 주자, 두 번째 올린 글도 몇 시간 되지 않아 핫글이 되었다. 나는 제목 앞에 '1탄', '2탄'을 붙여 수정했다. 수정하는 중에도 댓글은 올라왔다. 모두들 J도 손절해야 한다며 입을 모았다. 오래된 친구일수록 서로의 단점을 모른 척했을 수 있다는 댓글도 올라왔다. 좋은 게 좋은 거라며 묻어 두다 보면 나중에 더 큰 갈등이 생길 수밖에 없다는 댓글엔 저절로 고개가 끄덕여졌다.

"아, 머리 아파. 왜 내가 이런 고민을 해야 해."

배연

이번 주 주말에 코코넛영 갈래?
엔젤스윗 신상품 나온대.

그때 배연이에게서 문자 메시지가 왔다.

역시 내 예상이 맞았다. 배연이는 끈질기게 내 손절을 무시했다. 제대로 된 변명, 사과도 없이 어물쩍 넘어가려는 거다. 답장을 보냈다.

네가 이럴수록 널 손절했다는 게
다행이란 생각이 들어.
이제 문자랑 전화도 차단할게.

배연이 연락처를 띄워 놓고 차단 버튼을 노려봤다. 손가락에서 작은 떨림이 느껴졌다.

＊

서림이와도 틀어진 이후로 학교에 가는 일은 점점 더 괴로워졌다. 다른 애들을 손절할 땐 오히려 마음이 가벼웠는데 이번 손절은 그렇지 않았다. 자꾸만 배연이를 의식하게 됐고, 학교 애들의 시선을 신경 쓰게 됐다.

나와 배연이의 손절은 큰 관심을 불러일으켰지만 일주일 쯤 지나자 사그라들었다. 하지만 이번엔 내 손절을 치켜세우는 애도 편을 들어 주는 애도 없었다. '결국 이렇게 될 줄 알았다' 하는 분위기에 더 가까웠다.

어쨌든 학교 애들이 뭐라 하거나 말거나 나는 교실 안에서 배연이와 마주치지 않으려 무진 애를 써야 했다. 등굣길 무거운 발걸음을 옮기며 교실로 가는데 문자 메시지 하나가 도착했다.

수호

유민하 1층 비품실 쪽으로 와.
급히 할 말 있어.

나는 무슨 일인가 싶어 수호가 오라고 한 곳으로 갔다. 비품실 옆엔 작은 여유 공간이 있다. 그 안에 수호가 심각한 표정으로 서 있었다.

"유민하, 너 무슨 짓을 하고 다니는 거야? 지금 반 애들 난리 났어."

수호의 표정만큼이나, 수호가 하는 말은 심각했다.

"너 십대고? 뭐 그런 사이트에 배연이하고 있었던 일 글 올렸다며? 그걸 어떤 애가 보고 애들한테 퍼뜨렸어."

"뭐라고? 누가 봐? 봤더라도 걔가 그걸 어떻게 알아. 내가 쓴 건지 어떻게 아냐고."

"몰라. 넌 줄 어떻게 알았나 봐. 나도 지금 들어가서 보니까 진짜 너네 얘기 맞더라고."

그 큰 커뮤니티에서 내가 쓴 글을 알아볼 사람이 있을 거라고는 예상하지 못했다.

"어쩔 거야. 네가 배연이 저격한 것도 모자라 정서림까지 손절 운운했다며? 소문 쫙 돌아서 아마 지금쯤 걔네들 귀에도 다 들어갔을 거야."

심장이 쿵쿵 뛰었다. 둘을 비난하는 댓글에 나도 같은 생각이라며 동조하는 대댓글을 달기도 했다.

"내 잘못 아니야. 너도 읽어 봐. 거기에 내 잘못이 있는지 없는지."

수호의 표정이 더 굳어졌다.

"그날 너희들 콘서트 가는 거 알고 지하철역까지 바래다주려고 배연이 집 앞에서 기다렸어. 근데 배연이가 싫다고 난리를 치더라고. 나를 따돌리려고 했는지 갑자기 콘서트 안 가겠다고 해서 동네만 빙빙 돌다가 별빛 공원으로 갔어. 근데 어쩌다 휴대폰을 잃어버린 거야. 배연이가 휴대폰을 무음으로 해 놔서 찾는 데 오래 걸렸어. 그거 찾자마자 너희한테 뛰어간 거고. 그리고 우리 사이는 그날로 끝났어. 배연이는 나한테 관심도 별로 없었는데 내가 사귀자고 졸라서 사귄 거야."

배연이는 엄마가 휴대폰 쓰는 걸 극도로 싫어해서 휴대폰을 늘 무음으로 해 두곤 했다.

"어차피 이렇게 되어 버렸는데 나한테 와서 왜 이런 얘기를 하는 거야?"

"유민하 네가 날 좋아하는 줄은 몰랐어."

"벌써 그 전에 배연이한테 들었잖아. 내가 너 좋아하는 거."

이런 식으로 수호에게 내 감정을 고백하게 될 줄은 몰랐다.

"아냐. 그런 말 들은 적 없어. 네가 쓴 글 보고 안 거야."

수호 얼굴을 보니 거짓은 아닌 것 같았다. 수호가 더는 할 말 없다는 듯 등을 돌려 교실로 향했다. 얼굴이 화끈거렸다. 내가 올린 글을 배연이와 서림이가 알게 될 줄은 상상도 못 했다. 그런데 다른 애들에게까지 소문이 나다니, 세상이 날 억지로 깎아내리고 있다고밖에 설명이 안 됐다. 어떻게 수습을 해야 하나 고민하는데 조회를 알리는 종이 울렸다. 하는 수 없이 교실로 올라갔다. 걸음을 옮길 때마다 머릿속이 하얗게 또 까맣게 물들었다.

내가 들어가자마자 딱 두 명을 제외한 반 애들 모두의 시선이 정확히 나를 향했다. 배연이는 책상에 엎드려 있었고, 서림이는 팔짱을 긴 채 앞만 보고 있었다. 내가 자리에 앉자 김민주가 나를 향해 빠르게 걸어왔다.

"민하야, 너 손절만 잘하는 줄 알았는데, 썰도 맛있게 잘 풀더라? 3탄 언제 나와?"

김민주의 이런 행동에 넌덜머리가 났다. 최대한 냉정함을 유지하며 책가방을 열었다.

"네 글, 반 애들이 싹 돌려봤어. 이니셜은 좀 바꿔서 쓰지 그랬어. 빼도 박도 못 하게 걸렸잖아, 지금."

김민주가 가까이 다가와 속삭일 때마다 더운 공기가 나를 휙휙 휘감았다. 머리가 어질했다.

"학교 애들이 너랑 배연이 싸잡아서 씹던데. 이번엔 어쩔 셈이야? 전교생을 다 손절할 순 없잖아."

김민주의 입꼬리가 살짝 올라간 것이 기분 나빴다. 나를 위해서 하는 말이 아니라, 내 기분을 떠보려는 것 같았다.

"걱정 마. 네 걱정 필요 없어."

김민주가 '다행이다. 정말'이란 말을 남기고 자리로 총총

돌아갔다. 서림이가 슬쩍 내 쪽을 돌아봤다. 눈이 마주치자 서림이가 굳은 얼굴로 다시 고개를 돌렸다. 내가 게시판에 서림이를 어떻게 썼는지, 그 댓글들이 서림이를 어떻게 부르고 있는지 다 아는 얼굴이었다.

눈에 들어오지도 않는 국어 교과서를 펼쳐 놓고 고개를 숙였다. 그때 우리 반 애 몇몇이 내 옆을 지나가며 낮게 속삭였다. 하지만 그건 분명 나 들으라는 말이었다.

"웃기네. 프로손절러? 연 끊는 데 기술이라도 있으세요?"

"프로는 잘 모르겠고, 그냥 취미가 손절인 듯. 손절 마니아? 크큭."

"맞아. 쟤한테 손절 당한 애가 전교생 숫자보다 많다며."

수근거리는 소리가 확성기라도 거친 듯 내 귓가에 웅웅 울렸다.

"그래도 그렇지. 친하게 지냈던 애들을 이렇게까지 망신 주냐."

김민주 말로는 내가 십대고에 올린 글을 누군가 의도적으로 퍼트린 거라고 했다. 누굴까? 이런 여론을 만드는 애가. 배연이? 서림이? 아니면 누구…….

판을 뒤집을 자신 ×

이번엔 내가 김민주 자리로 찾아갔다. 여기저기 말 옮기기 좋아하는 김민주라면 내게 말해 줄 것 같았다.

　"누구야? 그 글, 내가 썼다고 소문낸 사람이?"

　김민주가 빤히 내 얼굴을 바라봤다.

　"내가 대답해 줄 이유 없잖아. 너도 나 손절했으면서."

　김민주가 아까와 달리 냉정한 표정을 지어 보였다.

　"너 갑자기 태도 전환하는 이유가 뭐야?"

　김민주가 씩 웃었다.

　"나도 네 덕분에 관계 공부 좀 했지. 아쉬운 게 있는 사람이 찾아온다. 그때 반격하라. 어때? 완전 꿀 팁이지?"

"너 이러는 거 재밌어?"

"응, 생각보다. 그래서 너도 프로손절러 시절이 좋았겠다 싶은데?"

이건 내 손절과 다르다. 이건 엄연히 따돌림이다. 의도적인 무시고, 비난이다.

"근데 민하야, 네가 하는 손절은 네가 필요할 때만 와서 말 거는 거야?"

김민주 말에 입이 떨어지지 않았다. 당황한 나를 여러 명의 아이들이 지켜보고 있었다. 그동안 쌓아 온 내 이미지를 이렇게 단박에 추락시킬 순 없었다. 냉정을 찾아야 했다.

"일부러 기다렸다는 듯 반격하는 건 네 스타일이고?"

김민주가 입을 삐죽거렸다. 할 수 있는 한 가장 쿨하게 돌아섰다. 누구의 입에서 시작된 건지 꼭 알아내야 할 것 같았다. 자리에 앉아 기억을 돌이켜봤다. 익명 게시판인데 글만 보고 '나'라는 걸 알긴 어려운 일이다.

'그럼 우리 사이의 일을 누가 알았다는 건데. 도대체 누구지?'

그때, 한 장면이 머릿속을 훑고 지나갔다.

'맞아. 서림이랑 이야기한 날 간이 탈의실 안에 분명 누군가 있었어. 누구지, 그게?'

어렴풋한 기억의 해상도를 억지로 끌어 올렸다. 여자, 교복, 짧은 치마, 리본 핀······. 어딘가 낯익은 실루엣이었다. 그리고 퍼즐이 맞춰졌다.

때마침 강지나가 우리 반 복도 쪽을 지나갔다. 평소와 다르게 얼굴에 미소가 번져 있었다. 하지만 한 번 더 보면 알 수 있다. 그건 미소가 아니라 비웃음이었다. 강지나가 정확히 나를 바라봤다. 그리고 반 아이들도 계속 나를 보고 있었다. 갑자기 몸의 기운이 썰물처럼 빠져나가는 것 같았다.

'강지나가 분명해. 그날 분명히 우리 이야기를 듣고 안 거야. 아, 하필이면 왜 강지나가 십대고 회원이냐고······.'

배연이와 서림이, 수호만 생각해도 어질어질한데, 강지나까지 나서서 내 머릿속을 온통 헤집어 놓기 시작했다. 게다가 지금 이 시간까지 서림이는 한 번도 날 찾아오지 않았다. 아니, 오늘 서림이 얼굴을 제대로 보지도 못했다. 이건 서림이가 의도적으로 나를 피하고 있다는 뜻이었다.

'화났겠지. 근데 사실이잖아. 내가 당연히 섭섭한 일이었잖아.'

이런 일로 우리의 15년 우정이 무너질 거란 생각은 하고 싶지 않았다. 강지나가 소문을 퍼트리거나 말거나 서림이는 이 상황에 흔들리지 않고 예전처럼 내 곁에 있어 줄 거다.

그게 내가 아는 서림이다.

'그러니까 괜히 긴장할 필요 없어.'

하지만 점심시간까지 서림이는 내게 다가오지 않았다. 배연이는 쉬는 시간엔 계속 엎드려 있었고, 몇몇 애들이 배연이에게 다가가 등을 두드리며 뭔가를 묻는 듯했지만 배연이는 꼼짝도 하지 않았다. 그 애들은 방향을 바꿔 서림이에게 갔다. 서림이가 짧게 한마디하는 듯했고, 그 애들은 씁쓸해하며 그 자리를 벗어났다.

점심시간이 끝나기 전 마음을 먹고 서림이 자리로 가는데, 서림이가 자리에서 일어나 앞문으로 나가 버렸다. 당황했지만 티 내고 싶지 않았다. 서림이 자리를 지나 똑같이 앞문으로 나왔다. 하지만 갈 곳은 없었다. 그대로 도서관으로 향했다. 그러다 운이 없게도 강지나와 마주쳤다. 서로 슬쩍 얼굴을 보고 스쳐 지나가려는 순간, 강지나가 나를 불렀다.

"유민하, 너 대단하더라."

샐쭉 웃는 강지나의 머리에 분홍색 리본 핀이 달려 있었다.

"뭐가?"

강지나의 눈을 보며 쏘아붙였다.

"이제 어쩌니. 애들이 다 알게 돼서."

"그게 뭐? 알아도 상관없어. 내가 잘못한 거 아니니까."

강지나가 피식 웃었다.

"네 잘못인지 아닌지를 왜 네가 판단해? 그건 다른 애들이 할 거야. 넌 그냥 지켜보기만 하면 돼."

"네가 일부러 소문낸 거라고 애들한테 말할 거야. 악의적으로 나 몰아가려는 거잖아. 애들이 유치한 네 속을 모를 것 같아?"

내 손절의 역사에 첫 장을 쓴 애가 강지나였다. 당연히 손절했어야 할 애였다. 져도 이런 애한테 지고 싶지 않았다.

"소문? 그 소문이 사실인데 뭐 잘못됐어? 네가 공개 게시판에 올렸다는 건 누구나 봐도 된다는 뜻 아니었어? 나도 네 글을 읽은 사람 중 하나일 뿐이야. 근데 나는 시시하게 읽는 걸로 끝내진 않으려고."

"무슨 말인지 돌리지 말고 말해 줄래?"

나도 똑같이 비웃음을 지었다.

"핫글로 올려 줄게. 커뮤가 아닌 현실에서. 눈이랑 귀 잘 열어 둬. 쫄리다고 울지는 말고."

강지나가 큭 하고 웃으며 자리를 벗어났다. 나도 쌩하니 뒤돌아섰다. 왜 저렇게 나를 못 잡아먹어서 안달이 난 건지 정말 모르겠다. 항상 관계에서 갑이었던 강지나는 나에게 손절을 '당했다'는 사실이 그렇게나 분했을까. 그래서 지난 일을 아직도 잊지 못하고 부들부들 떠는 걸까?

도서관도 가고 싶지 않아졌다. 가서 김민주와 마주칠 것 같은 불길한 예감 때문이었다. 학교는 넓은데 내가 갈 곳은 없었다. 어디로 가야 하나 서성이는데 양미소가 지나가다 말을 걸었다.

"애들이 다 네가 쓴 저격글 돌려보고 있는 거 알아?"

하다 하다 양미소한테 걱정을 듣게 됐다.

"상관없어. 어차피 누구나 보라고 쓴 거니까."

물론 학교 애들이 대상은 아니었다.

"나도 너한테 손절당한 거라고 애들이 그러더라. 맞아?"

한숨이 나왔다. 그걸 지금 알게 된 양미소가 짠하기까지 했다.

"그래서 나도 너 손절하려고. 빠이!"

양미소가 내게 손바닥을 보이고는 강지나 이름을 부르며 뒤따랐다. 강지나가 양미소 어깨에 다정하게 팔을 두르고 함께 걸어갔다. 점심시간이라 복도를 지나가는 애들이 많았다. 모두들 내 이야기를 하는 것 같았다. 좋은 이야기일 리 없었다. 나는 몸을 살짝 웅크린 채, 갈 곳도 없으면서 애써 발걸음을 옮겼다.

*

종례 후 쏜살같이 학교를 빠져나왔다. 정신없이 집으로 향하다 아파트 단지 안에 들어와서야 긴장이 탁 풀렸다. 머릿속에선 열이 올랐다가 차갑게 식기를 반복했고, 다리엔 힘이 풀려 금방이라도 넘어질 것 같았다. 이 와중에 휴대폰에선 댓글 알림이 계속 울렸다. 머리가 복잡해 근처 벤치에 털썩 주저앉았다.

그러다 문득 원인이 된 이 글을 지워야 하는 게 아닌가 싶었다. 그러면 없었던 일이 될 수도 있지 않을까 했지만 그건 벌써 현실 가능성이 없었다. 강지나가 봤다면 캡처했을 수도 있고, 이미 웬만한 아이들은 글을 다 봤을 거다.

> 여기 화력이 학교 급식실보다 더 좋네ㅋㅋ
>
> 콘서트 간다고 그렇게 호들갑 떨더니 ㅉㅉ
>
> 아~ 어쩌지. 신상 공개하고 싶은데!!!

역시나 학교 애들로 보이는 댓글이 보였다. 심장이 쿵 내려앉았다. 핫글이 된 게 좋은 일만은 아니었다. 그러지 않았다면 강지나 눈에 띄지도 않았을 거다. 나 혼자 고민을 남긴 것뿐인데, 모두의 고민이 되었다. '모두' 안에 들어가지 않았어야 할 애들까지 너무 많이 알게 됐다.

"그렇다고 지울 순 없어. 그럼 내가 찔려서 지웠다고 생각할 거 아냐."

그건 더 싫었다. 나는 내 손절에 당당해야 했다. 이건 엄연히 배연이, 또 서림이의 잘못이다.

*

잠깐 누워 있는다는 게 눈을 떠 보니 밤 8시였다. 학교에서 신경을 너무 많이 쓴 탓에 기진맥진한 상태로 집에 돌아왔다. 그대로 침대로 고꾸라졌는데 이렇게 오래 잠을 잘 줄은 몰랐다. 휴대폰이 손안에 그대로 쥐어 있었다. 그사이 올라온 댓글을 확인하며 주방으로 갔다. 거실엔 불이 다 꺼져 있었는데 주방 식탁 등만 켜져 있었다. 엄마랑 아빠가 마주 앉아 이야기를 나누고 있었다. 그런데 표정이 썩 좋지 않았다.

"깊이 잠든 거 아니었어? 일부러 안 깨웠는데."

"그래서 일부러 불도 다 끈 거야?"

엄마 말에 아빠가 덧붙였다.

"응. 민하 너 요즘 피곤해 보여서 푹 자라고 그랬지."

"근데 둘이 뭐 해? 무슨 일 있어?"

엄마는 아무 일 없다고 말했지만 아빠 얼굴이 너무 시무룩했다. 말소리를 듣고 작은 방에서 준하가 나왔다. 준하는 아빠 옆자리에 앉아 팔짱을 꼈다.

"아빠, 힘내. 저런 악플에 신경 쓸 필요 없어. 악플 다는 사람들은 정말 할 일도 없고 한심한 사람들일 뿐이야."

준하는 초등학교 3학년인데 가끔씩 인생 3회 차같은 말을 한다.

"그래. 알았어. 아빠도 이제 신경 안 쓸게."

아빠가 준하 머리에 이마를 갖다 댔다.

"무슨 일이야? 무슨 악플인데?"

엄마는 신경 쓰지 말라며 말을 아꼈다. 나는 배달 앱을 켜서 아빠 가게에 들어가 봤다. 최신 리뷰를 눌렀다.

> Yammm1780 ★★★★★
> 별 다섯 개로 해야 보실 것 같아서 남깁니다.
> 우웩우웩!!! 맛 없어서 쓰레기통에 다 버렸어요.

한 입씩 베어 문 빵들을 모두 쓰레기통에 버린 사진이 같이 올라왔다. 얼굴이 화끈거렸다. 악의적이었다. 입맛은 다 다른 거라 호불호가 있을 수 있지만 이 정도의 평가를 받아 본 적은 한 번도 없었다. 그때 머릿속에 하나의 생각이 스쳐 지나갔다.

'우웩우웩? 설마, 남배연?'

리뷰 올린 시간은 오늘 오후 5시 35분이었다.

"아빠 이거 어디로 배달 나간 거야? 혹시 기억나?"

"응. 삼호 아파트였나. 아마도."

"삼호 아파트 1차? 아님 2차?"

"2차였던 것 같은데. 그건 왜 물어?"

배연이는 삼호 아파트 2차에 산다. 예전에도 뭘 먹다 맛이 없으면 한두 입씩 먹고 그만두곤 했다. 배연이는 어렸을 때부터 입이 짧고 편식이 심했다고 했다. 급식 때도 안 먹는 반찬이 많아서 내 식판에 덜어 낼 때도 많았다. 거기다 배연이가 맛없는 걸 먹었을 때 가장 많이 하는 표현은 '우웩우웩'이었다.

'일부러 그런 거야. 우리 아빠 가게인 거 다 알면서⋯⋯.'

강지나가 복도에서 했던 말이 떠올랐다.

'눈이랑 귀 잘 열어 둬. 쫄리다고 울지는 말고."

방으로 들어와 서림이에게 전화를 걸었다. 이 사실을 서림이가 안다면 내 입장을 충분히 이해해 줄 거다. 지금 내게 가장 필요한 건 언제나 내 편이 되어 주었던 서림이었다. 거기다 엄마들은 우리 둘보다 더 오래된 사이다. 엄마들이 나서 준다면 우리는 오해를 풀고 다시 예전처럼 돌아갈 수 있을 거다. 무엇보다 지금은 내 편이 하나라도 있어야 했다. 서림이라면 분명 내 말을 믿어 줄 거다. 언제나 그랬듯.

"서림아, 너 지금 잠깐 나올 수 있어?"

서림이가 아무런 대답도 하지 않았다. 마음이 조급했다.

"너한테 꼭 할 이야기가 있어. 지금 너희 집 앞 놀이터로 잠깐만 나와."

서림이가 짧게 '응'이라고 대답했다.

*

서림이가 그네 위에 앉아 운동화 앞코로 바닥을 툭툭 찼다. 어쩐지 나와 눈을 마주치려고 하지 않는 것 같았다.

"오늘 무슨 일 있었는 줄 알아?"

서림이가 고개를 숙인 채 고개를 저었다.

"우리 아빠 가게에 악성 리뷰가 올라왔는데 아무래도 배연이가 올린 것 같아. 일부러 나 보란 듯이. 가족까지 건드리는 건 선 넘은 거 아니야?"

내 말에 놀랐는지 서림이가 고개를 들어 나를 봤다. 어두워서인지 서림이 표정에서 어떤 마음도 읽히지 않았다.

"쓰레기통에 빵을 먹다가 버린 사진까지 올렸다니까?"

그럴수록 내 목소리는 점점 더 커졌다.

"남배연이 평소에 '우웩우웩' 많이 쓰는 거 알지. 그 리뷰에도 똑같이 적혀 있더라고. 원래도 편식 심해서 한 입씩 먹다 내려놓고 그랬잖아."

하지만 서림이 표정은 너무 담담했다. 그래서 답답했다. 늘 중간을 지키는 서림이의 성격이 백 퍼센트 마음에 들었던 건 아니었지만, 이런 면이 나와 달라서 좋다고 느낀 적은 있었다. 하지만 지금은 아니었다.

우리 둘 사이에 잠시 침묵이 흘렀다. 이렇게 1초, 2초, 시간이 더디게 흐르는 걸 견딜 수 없었다.

"남배연이 뒤에서 이런 짓까지 했는데, 당연히 손절하는 게 맞지. 안 그래? 내가 얼마나 답답했으면 십대고에 그 글을 썼겠냐고. 안 그래?"

나도 모르게 '안 그래?'라는 말을 반복했다. 내가 원하는 답을 서림이에게서 듣고 싶었다.

잠시 후 서림이가 툭툭 차던 발을 멈췄다. 그리고 나를 올려다봤다.

"배연이가 일부러 수호 이야기 안 했을 거야. 네가 상처받을까 봐."

지금 내가 무슨 말을 들은 건지, 머릿속이 쿵 하고 흔들리는 것 같았다.

"뭐? 수호? 여기서, 수, 수호 이야기가…… 왜, 왜 나와?"

서림이가 담담한 목소리로 말을 이어 나갔다.

"너 배연이랑 수호 사이 때문에 더 화난 거잖아. 근데 배연이도 너한테 비밀로 할 수밖에 없는 사정이 있지 않았을까? 그 말을 하고 싶은 거야."

"아니, 서림아, 그게 아니라, 네가 어떻게 배연이랑 수호 사이를 알아? 그리고 내가 수호를 좋……."

이렇게 내 비밀이 또 한 사람에게 새어 나갔다. 서림이는 모르길 바랐는데.

"배연이가 너한텐 말해 줬던 거야?"

"아니야. 우연히 알게 됐어. 배연이랑 수호 사이, 그리고 네가 수호 좋아하고 있다는 것도. 그래서 네가 게시판에 올린 글 보고 수호라고 확신한 거야."

"말도 안 돼. 그걸 나더러 믿으라는 거야?"

서림이가 머뭇거리며 조용히 숨을 내뱉었다.

"수호가 학원에서 내 앞에 앉아 있었는데 배연이한테 메시지 보내는 걸 우연히 봤어. 그래서 알게 됐는데 배연이한테 알은 척은 안 했어."

"그럼 내가 좋아했다는 건?"

"너랑 나랑 알고 지낸 게 몇 년인데, 네가 온종일 누굴 보고 있는지 내가 모르는 게 더 이상한 거 아니야? 거기다 네가 배연이한테도 푹 빠져 있었잖아. 괜히 말 전해서 둘 사이를 꼬이게 하고 싶지 않았어."

내가 마르고 닳도록 봤던 '휴먼링크' 계정엔 좋아하는 감정은 어떻게든 티가 나게 되어 있다고 했다. 숨기려고 했지만 숨겨지지 않는 감정을 나는 수호에게 갖고 있었다. 내 옆에 가장 가까이 있던 서림이가 모를 거라고 생각한 건 내착각이었을까?

"배연이가 너를 일부러 속인 건 아닐 거야. 확실해. 그러니까 둘이 이야기를 좀 해 봐."

말이 많지도 않은 서림이가 자꾸만 말을 길게 이어 나갔다. 부자연스러웠다. 모든 일이 다 나만 빼고 억지로 돌아가는 것 같았다. 서림이가 내가 아닌 배연이 입장에서 말하는 건 여전히 속이 상했다.

"네 말대로 너랑 나랑 오랜 친구였다면, 너는 내 편을 들어 줬어야지."

서림이가 고개를 저었다. 어떤 의미인지 궁금했다. 쿵쾅거리는 심장 소리를 서림이가 들을 것만 같았다. 잠시 머뭇거리던 서림이가 간신히 입을 열었다.

"민하야, 나도 너 손절할게. 네가 하는 말을 내가 더 이상 감당할 수 없을 것 같아."

머리통이 찌릿했다. 말이 입 밖으로 나오지 않았다. 전혀 예상하지 못했다.

"네가 계속 손절하는 걸 그냥 지켜보기만 했어. 근데 이번 일은 나도 참기가 어렵다."

배연이의 배신보다, 서림이의 배신이 더 충격적이었다.

"너희 둘이 벌써 입 맞췄어? 나 따돌리기로? 왜? 저격글 때문에?"

"그것도 문제지만 네가 너무 빨리 친구들을 판단하는 게 불편했어."

"내가? 그럼 왜 그때는 말 안 하고 있다고 지금 말하는 거야? 너도 다른 애들처럼 기회만 본 거야?"

서림이가 고개를 저었다. 이중적이었다.

"그게 아니라 그런 글을 올리기 전에 나나 배연이랑 먼저 말했어야지. 우리끼리 있던 일이니까 같이 풀었어야지. 순서가 잘못됐다는 거야."

서림이의 얼굴이 붉어졌다. 지금까지 본 서림이의 모습 중에 가장 화가 난 표정이기도 했다.

"네가 손절한 다른 애들 일도 그래. 일단 그 애들하고 오해가 있으면 일단 둘이서 풀어야지. 손절했다는 말부터 퍼지면 그 애들도 이상해지잖아."

어이가 없었다. 이렇게 내게 불만이 많았으면서 한 번도 이야기하지 않았다. 그리고 내가 손절한 애들은 정말 이상한 애들이 맞다. 내가 마음을 주는 만큼 그 애들은 같은 마음을 주지 않았다. 내 호의, 내 시간, 내 감정을 모두 일방적으로 요구하기만 했다.

"그럼 내가 그 애들을 손절하지 말았어야 했다는 거야?"

서림이가 또 고개를 저었다.

"그게 아니라 손절 할 필요까진 없잖아. 학교에서 프로손절러라고 불리는 거 너도 꽤 즐겼잖아. 안 그래? 이제는 널 손절 마니아라고 비꼬고 있어. 지금 상황도, 네가 올린 익명글도 너무 버거워."

뒤늦게 하는 말치곤 너무 비겁하고, 너무 일방적이었다. 내가 만나자고 한 건 내 말을 들어 줄 '친구'가 필요해서였다. 다른 애도 아니고 서림이가 나의 SOS를 이렇게 걷어찰 줄은 몰랐다. 그렇다면 나도 똑같이 걷어찰 수밖에.

"정서림 너도 마찬가지네. 나한테 문제가 있었다면 나한테 진작 말했어야지. 인제 와서 이러기야?"

서림이가 힘이 다 빠진 얼굴로 한숨을 내쉬었다.

"너 그렇게 한숨 쉬는 거, 사람 되게 맥 빠지게 하는 거 알아?"

"너도 똑같잖아. 나한테 불만 묵혀 두고 있었네. 이제야 터트리는 이유가 뭔데?"

이제 말장난이 되어 버렸다. 누가 꼬투리를 더 얄궂게, 더 집요하게 잡는지가 중요해졌다.

"민하 너도 나 손절하고 싶었던 거 아냐? 꽤 오래전부터……."

서림이가 고개를 떨궜다. 어디서부터 꼬였는지 모두 엉망 진창이 되어 버렸다. 하지만 확실한 건 딱 하나였다. 이제 서림이랑 나는 예전의 우리가 아니다. 이 시간 이후로 같을 수 없게 되었다. 손절은 가위질이다. 싹둑 잘려 나가면 이어 붙일 수 없게 된다.

"그래 맞아. 손절하겠다고 먼저 말해 줘서 고마워."

주위가 어두운 데다 서림이가 고개를 숙여서 어떤 표정

인지 잘 보이지 않았다. 어쩌면 그게 더 다행인지도 몰랐다.

그대로 돌아서서 앞만 보며 걸었다. 온종일 학교 애들로부터 돌아섰다. 내가 먼저 돌아선 줄 알았는데, 아닐지도 모른다는 생각이 들었다. 이제는 어느 쪽으로 돌아서도 보이는 건 누군가의 등이었다. 눈물이 툭툭, 떨어졌다. 최악의 최악이었다.

*

집으로 돌아오니 엄마의 표정이 굳어 있었다. 모른 척하고 방으로 들어가는데 엄마가 뒤따라 들어왔다. 아무렇지 않은 척 옷을 갈아입는데, 엄마가 팔짱을 낀 채 나를 주시했다.

"왜? 나한테 뭐 할 말 있어?"

엄마가 침대 끄트머리에 앉았다. 이야기가 길어진다는 의미였다.

"지금 서림이 만나고 온 거 맞아?"

아무렇지 않게 고개를 끄덕였지만, 엄마가 그 짧은 사이에 뭔가를 알게 됐다는 걸 직감했다.

"현정이가 쓰레기 버리러 나왔다가 너희 둘 하는 이야기

들었대."

"뭐라고? 이모는 왜 몰래 숨어서 남의 이야기 엿듣는 건
데?"

"일부러 들은 건 아니래."

현정이 이모 성격을 잘 알면서도 모난 말이 튀어 나갔다.

"둘이 손절한다 어쩐다 티격태격했다던데. 도대체 무슨
일이야? 응?"

온종일 '손절'이란 말을 가장 많이 들었다. '손절'은 나를
지켜 주는 말이었는데, 오늘 내가 들었던 손절 중에 나를
지켜 주는 손절은 단 한 번도 없었다. 엄마에게서까지 듣게
될 줄은 몰랐다. 속이 울렁거렸다.

"엄마, 미안. 나 너무 피곤해. 생각 정리되면 말해 줄게."

엄마는 근심 어린 표정을 짓더니 내 등을 토닥여 주고 나
갔다. 엄마가 나가자마자 그대로 침대로 쓰러졌다.

이제 네가 당할 차례야. 무슨 뜻인지 알지?

그사이 댓글 하나가 올라왔다. 소름이 끼쳤다. 동시에 가
슴속에 불이 붙었다. 이 댓글에도 학교 애들이 불을 붙이면

일이 더 커질 것 같았다. 그렇다고 그냥 두 눈 뜨고 지켜보기만 할 수도 없었다. 막아 보려고 하면 번질 것 같고, 가만히 있자니 속이 타들어 갔다. 그때 인스타 디엠이 들어왔다. 배연이었다.

nambebe.0123

전화 안 받아서 디엠 보내.
십대고에 강지나가 널 저격하는 글을 올린 것 같아.
혹시 모르고 있을까 봐 알려 주려고.

배연이에게 디엠이 온 것도 놀라웠지만, 강지나가 날 저격하는 글을 올렸다는 말에 또 한 번 심장이 내려앉았다.

nambebe.0123

민하야, 네가 올린 글 삭제해.
나도 서림이도 힘들고,
우리 일로 더 시끄러워지는 것도 원하지 않아.

디엠을 읽었지만 답장을 보내진 않았다. 내가 왜? 내가 피해자인데 왜 내게 잘못이 있는 것처럼 말하는지 이해할 수 없었다. 왜 나보고 문제를 해결하라고 하는지 도무지 납득되지 않았다. 저격글이 올라온 것이 문제가 아니라, 그 문제를 누가 일으켰는지가 더 중요한 일이 되어야 했다.

숨을 가다듬고 강지나가 익명으로 쓴 글을 열었다. 제목을 읽는데 이미 내려앉았던 심장이 바닥은 아직도 멀었다는 듯 더 아래로 곤두박질쳤다.

<   십대고 ☆ 털어 놔 고민   ≡

프로손절러의 실체

👤 익명   🔍 댓글 30

공개 저격임. 불편하면 뒤로 가기 해.

자칭 프로손절러 글 올린 애 있잖아.
나랑 같은 학교 다니는 애야.
걔에 대해 평소에도 말 많았는데
이번엔 진짜 아닌 것 같아서 씀.
자기 잘못은 쏙 빼고 남만 저격하는 거 보고
너무 화나더라고. 판단은 각자 알아서 해.

걔가 원래 존재감 거의 없었는데
갑자기 인간관계 공부한다면서 주변 애들
하나씩 손절하기 시작하더라?

몇 명이 잘했다, 잘 걸렀다 우쭈쭈해 주니까
그때부터 손절 남발한 거지.
인생 최대 업적이 손절이고요?
그런데 전학생 B가 등장했고, B랑 J, 손절러
셋이 다니다가 콘서트 가는 날 틀어진 거야.

근데 솔직히 말해서,
콘서트 충분히 갈 수 있었는데 안 간 건 손절러 아님?
B는 남친도 떼 놓고 왔고, 손절러가 첫사랑 어쩌고,
배신 어쩌고 하면서 긁어 부스럼 일으킨 거잖아.
그럼 누가 남미새지?

J를 공감력 박살 났다고 까는 것도 이해 안 됨.
자기 의견에 맞장구 안 치면 다 공감력 없는 거임?

난 B나 J보다 손절러 잘못이 더 크다고 봐.
친구 문제를 익게에 올려서 공개 저격하는 게
프로손절러임? 그냥 프로징징러지.
손절 운운하기 전에 주제 파악이 우선이라고 본다.

"미친, 이게 뭐야."

저절로 욕이 튀어 나갔다. 내가 올렸던 글과 같은 방식으로 글을 올린 의도가 너무 빤했다. 학교뿐 아니라 온라인에서도 나를 헐뜯어 몰아가려는 속셈인 거다. 강지나의 글이 올라온 지 몇 분 되지도 않았는데, 댓글이 빠른 속도로 달리고 있었다. 어떤 댓글인지 궁금하면서도 겁이 났다. 강지나가 키운 이 판은 학교뿐만 아니라, 화면 너머 얼굴도 모르는 사람들에게까지 뻗어 가고 있었다. 이건 내가 전혀 예측하지 못한 일이었다.

> 와 씨, 이래서 말은 항상 양쪽 다 들어 봐야 하는 거야.
>
> 스스로 프로손절러라고 할 때부터 싸하다 했어.
> 손절하는 게 뭐 자랑임?
>
> 최후의 보루인 J를 손절했으니, 이제 손절러에게 아무도 안 남은 건가?
>
> ㄴ 원래 손절 잘 치는 애들은 다 혼자야.
> 　내 주변에도 이런 애 있는데 맨날 혼자 다님.

> ㄴ맞아. 지래 놓고 정신 승리 하지.
> 내가 모두를 따시켰다고 하면서ㅋㅋ

한눈에 봐도 강지나 편에서 나를 손가락질하는 댓글이 훨씬 많았다.

> 다른 건 모르겠고 진짜 남미새가 누군지는
> 확실하게 알겠네.

이 댓글을 시작으로 남미새는 배연이에서 나로 바뀌었다. 억울했다. 몸 안에서 뜨겁고 따가운 것들이 막 튀어나올 것 같았다. 내 글에선 모두 나를 옹호하더니, 판이 바뀌니까 언제 그랬냐는 듯 내게 손가락질을 했다. 여기에 댓글을 달고 있는 사람들도 강지나, 김민주랑 다를 바가 없다. 아니, 남배연, 정서림하고 똑같다. 아무 말 않고 얌전히 있다가 뒤통수를 쳤다.

답답한 마음에 15초 멘탈스낵 영상을 틀었다. 조언 영상은 외울 만큼 봤는데, 정작 나는 여전히 서툴고 아는 게 없었다. '인생은 차라리 혼자가 제일'이라는 쇼츠의 의미를 이제 알 것 같았다. 나는 내가 올린 글의 댓글을 다시 확인해 봤다. 다행히 여기엔 아직 나를 응원하는 댓글들이 올라오고 있었다.

손절러 너 가만있지 말고 반박해라. 무조건!

ㄴ 맞아. 일이 이상하게 꼬여 가지만 원래 잘못은 남미새가 한 게 맞아. 본질은 그거라고.

처음에 제일 크게 잘못한 건 남미새고, 중립 지킨다고 빠져 있는 J도 문제임. 손절러 넌 잘못 없어. 내가 네 편 할게!

때는 이때다 하면서 공개 반박글 올린 애 인성도 알 만하다.

ㄴ ㅁㅈ 저게 무슨 반박임? 헐뜯기지. 열폭 그 자체. 강무시해.

애초에 배연이가 솔직하게 수호에 대해 말해 줬더라면,

약속 시간에 늦는다고 말해 줬다면 이런 일도 없었을 거다.
여기에 내 잘못은 하나도 없었다. 강지나 일도 마찬가지다.

"그래. 알려야 해. 강지나에 대해서⋯⋯. 내가 가만히 있
을 줄 알아?"

이렇게 손 놓고 있을 수만은 없었다. 나를 응원하는 댓글
을 올린 사람들을 위해서라도 보여 주고 싶었다. 숨을 크게
내뱉은 후 새 글 쓰기 버튼을 눌렀다.

십대고 ☆ 털어 놔 고민

내가 왜 프로손절러가 됐는데

익명   댓글 34

내가 널 손절한 이유가 궁금하다고 했지? 그럼 말해 줄게.

너는 학원 끝날 때마다 나 밖에서 기다리게 했잖아. 10분,
20분 기본이고 그것도 한겨울에. 근데 미안하단 말 한 번
이라도 한 적 있어? 우리 집 가는 길이 멀어져도 나는 항
상 너네 집 쪽으로 돌아갔어. 넌 그걸 당연하게 여겼지. 고
맙다는 말도 없었고.

나 기다리게 해 놓고 뭐 했는데? 네가 좋아하는 남자애랑
노닥거렸잖아. 근데 그 남자애, 너한테 관심도 없었다며.
네가 복도에서 계속 기다려서 솔직히 좀 무서웠다고 했다
던데?

내가 프로손절러가 된 게 누구 때문인데. 네가 시작이야.
너 손절하고 나서부터라고. 그때 학교 애들 반응 어땠는
지 알아? 다들 나 보고 잘했대. 잘 걸렀대, 너. 네 이기적인
행동 때문에 다른 애들도 손절 벼르고 있었던 거, 넌 몰랐
지?

이런다고 사람들이 다 네 편들어 줄 거라 생각했으면 착각
임. 적어도 네가 나를 판단할 자격은 없음.

글을 쓰고 나니 속이 후련했다. 엄마는 내게 말했었다.
사춘기를 지나면서 성격은 얼마든지 바뀔 수 있다고. 예전
의 나라면 이렇게 대범하게 대처하지 못했을 거다. 하지만
나는 이제 더 잃을 게 없었다. 완벽히 혼자가 되더라도 억울
하게 당하기만 하지는 않을 거다. 내 손절에 어떤 문제도 없
었다는 걸, 이번에는 내가 직접 보여 줄 생각이었다.

댓글 알림 소리가 쉴 새 없이 들렸다. 내가 올린 반박글 엔 내 편을 드는 댓글이 훨씬 많았다. 제일 재밌는 건 싸움 구경이라는 것. 강지나의 글에는 '손절당한 게 분해서 마침 기회다 싶어 복수하는 거 아니냐.' 예리하게 지적한 댓글도 있었다. 막장 드라마가 따로 없다고 팝콘을 먹는 댓글, 학교 애들처럼 보이는 댓글도 몇몇 있었다. 강지나 역시 무결한 아이는 아니라는 것에 대부분 동의하고 있었다.

그러다 이쯤에서 배연이와 나를 전국구 남미새로 만든 그 마성의 짝사랑이 도대체 누구냐는 댓글이 올라왔다. 밝혀질까 봐 흠칫했지만, 배연이는 절대 말하지 않을 거란 확신이 있었다. 수호만 입 다물고 있으면 아무도 모를 일이 될 거다.

아니, 쟤네 학교엔 도대체 남미새가 몇이냐? 이젠 하다 하다 프로스토커까지 등장ㅋㅋ

이 댓글을 보고 있을 강지나의 얼굴을 상상했다. 그러거 나 말거나 또 싸움을 걸어 온다면 기꺼이 응할 생각이다. 지금 내 곁엔 아무도 없다. 그러니 나는 나만 지키면 된다.

열기가 빠져나간 자리에 단단한 결심이 채워졌다. 밤새도록 울리는 댓글 알림 소리에 잠을 설쳤다. 피곤해 죽겠는데도 댓글 읽는 걸 멈출 수 없었다. 새벽이 무르익어 갈 때쯤 강지나와 내가 올린 두 개의 글이 동시에 핫글이 되었다. 댓글은 새벽 내내, 누가 더 나쁘냐의 문제로 여러 차례 불판이 갈리고 있었다.

화면 속 우리가

지난밤 온라인 게시판을 휩쓸고 간 글 때문인지, 학교 정문에 들어서자마자 나를 훑는 시선들이 사방에서 날아들었다. 이제 내가 올린 글은 전교생이 다 봤다고 해도 무방했다. 더 이상 감출 것도 없었다. 정상적인 애들이라면 분명 내 편이 되어 줄 거라고 믿었다. 오히려 당당해 보이고 싶어서 의식적으로 어깨를 빳빳이 폈다.

따가운 시선을 견디며 걷다가 발 앞에 떨어진 뭔가를 밟고 말았다. 놀라서 발을 들어 보니 카피바라 스퀴시였다. 나는 카피바라 스퀴시를 주웠다. B라는 미니 이니셜 키링이 같이 달려 있었다. 몇 주 전 학교에서 특활 시간에 배연이가 만든 키링이었다. 밟혀서인지 스퀴시 겉면에 흙이 잔뜩 묻어 있었다. 그걸 보고 있으니 내 방 옷걸이 아래에 던져 놓은 캡 모자가 생각났다. 그 캡 모자도 누군가에게 밟힌 후여전히 처박혀 있었다.

갑자기 복잡한 마음이 들어 이걸 어째야 하나 고민하는데, 누군가 내 쪽으로 헐레벌떡 뛰어오는 게 보였다. 배연이었다.

배연이가 내 손에 있는 키링을 보고 머뭇거렸다. 어색한 기운이 배연이와 나 사이를 가득 메웠다. 수군거리며 하나둘 애들이 모여들었다. 배연이가 손을 내밀었다.

"그거 줘."

나는 말없이 카피바라 스퀴시를 건넸다. 이걸 처음 배연이에게 건넸던 날이 떠올랐다. 정품은 비싸서 짝퉁일 거라는 누군가의 장난에 크게 화를 낸 건 배연이었다. 선물한 마음이 중요하지 그런 건 중요한 게 아니라고 했다. 그리고 카피바라를 온종일 손에서 놓지 않았다. 똑같이 가방 앞주머니에 달자고 제안한 것도 배연이었다.

"왜 글 삭제 안 했어. 삭제해 달라니까."

배연이가 낮은 목소리로 물었다.

"네가 상관할 일 아니잖아."

"내가 당사자인데 왜 상관이 없어?"

"강지나까지 끼어들었잖아. 그리고 너랑 나, 이미 손절했잖아."

배연이 입술이 움찔거렸다. 이런 일을 겪고도, 이런 말을 듣고도 나를 손절하지 않는 배연이가 오히려 이상했다.

"네가 이야기했을 때 나도 말하려고 했어. 근데 말할 수 없었어."

수호 이름을 언급하지 않았지만, 수호 이야기였다.

"저격글까지 쓸 필욘 없었잖아. 너랑 나랑 충분히 해결할 수 있는 일……."

어이가 없었다. 배연이는 아직도 본질을 모른다.

"너 그거 알아? 지금까지 나한테 미안하다는 말 한 번도 안 했다는 거?"

안경 너머 배연이의 두 눈이 동그래졌다.

"어물쩍 넘어가는 게 너는 충분한 해결이야?"

"하려고 했어. 근데 나도 정말 미안하니까 그런 말을 한다는 게 너한테 어떻게 들릴지……."

"넌 늘 이런 식인 거 알아? 하려고 했는데, 그러려고 했는데……. 핑계가 반복되면 그게 그냥 너인 거야."

강지나, 정서림보다 내게 더 큰 상처를 준 건 배연이었다.

"너랑 계속 잘 지내려고 그랬던 것뿐이야. 그러다 보니까 기회를 자꾸 놓쳤어."

"계속 놓쳐. 난 이제 너랑 아무 상관없으니까."

더 이상 어떤 말을 해도 이제 처음으로 되돌아갈 수 없다. 정말 끝이 났다. 전화번호는 차단했지만 인스타 계정까진 차단하지 않았다. 왜 그랬는진 모르겠지만, 만약을 위한 여지 하나쯤은 남겨 두고 싶었다. 하지만 이제 그마저도 필요 없어졌다. 배연이의 인스타 계정까지 모두 차단했다.

뒤에서 배연이가 내 이름을 불렀다. 떨리는 목소리에 잠깐 마음이 흔들렸지만 뒤돌아보지 않았다. 배연이와 많이 멀어졌다고 생각했을 때 슬쩍 뒤를 돌아보았다. 배연이가 아직도 내 쪽을 바라보고 있었다. 그리고 배연이 뒤로 먼발치에 수호가 서 있었다. 배연이를 바라보는 거겠지. 이제 짝사랑도 마음껏 할 수 없게 됐다. 남배연이 모든 걸 망쳤다. 그리고 정서림이 그걸 거들었다. 그것만이 사실이다.

*

"배연아, 혼자 밥 먹는 거야?"

강지나였다. 그 옆에는 늘 그렇듯 조해수가 찰싹 붙어 있었다. 둘은 배연이 쪽으로 다가가며 호들갑을 떨었다.

"우리 여기 앉아도 되지? 같이 먹자."

등을 지고 있는 배연이의 표정은 볼 수 없었다. 하지만 오버스럽게 걱정하는 표정의 강지나와 조해수의 얼굴은 또렷이 보였다.

"음침하다 진짜. 어떻게 친구를 남미새라고 저격할 수가 있어?"

"그러니까. 신경 쓰지 마, 배연아. 손절로 흥한 자 손절로 망하게 될 거야."

조해수가 말하자 강지나는 고개를 끄덕이며 한술 더 떴다.

그 순간, 어제 일이 떠올랐다. 강지나가 십대고 게시판에 반박글을 올리자마자, 배연이가 내게 디엠을 보냈던 타이밍. 서로 입을 맞춘 게 아니라면 시간을 그렇게 칼같이 맞출 수 있었을까?

미리 알았다면 아까 배연이에게 따졌을지도 모른다. 하지만 타이밍은 이미 지나갔다. 궁금해도 묻지 않는다. 손절은 그런 거다.

자리에 앉아 밥을 먹는 내내 강지나는 젓가락질을 하면서도 계속 나를 힐끔거렸다. 그 시선을 따라 다른 애들 시선도 자연스럽게 내 쪽으로 몰렸다. 온라인에서 그렇게 떠들어 놓고, 아무 일 없다는 얼굴로 같은 공간에 앉아 있는 건 생각보다 훨씬 피곤한 일이었다.

간신히 식판을 비우고 나서야 자리를 떴다. 갈 곳이 마땅치 않아 1학년 층 화장실로 내려가, 빈칸 변기에 앉았다. 피곤이 몰려들었다. 지난밤 잠을 설친 데다, 소화까지 잘 안되어 몸이 무거웠다. 잠깐 눈을 감았다 떴다. 화장실 벽에 누구누구 이름 옆으로 온갖 욕이 덕지덕지 적혀 있었다. 저격이 온라인 속에만 있는 건 아니었다. 신경에 거슬려 손을 씻고 교실로 향했다.

*

"야! 손절 마니아!"

낚아채듯 부르는 소리에 놀라 돌아보니, 강지나가 3학년 교실로 올라가는 2층과 3층 계단에 삐딱하게 서 있었다. 그 옆에 조해수가 강지나 팔짱을 끼고 있었다. 나를 보는 두 아이의 눈빛이 날카로웠다. 그러거나 말거나 나를 왜 부르는지 알기에 대꾸하고 싶지 않았다. 못 들은 척 지나가려 하는데, 강지나가 팔로 나를 막아섰다.

"아, 프로손절러라고 해야 말 들어 주려나?"

나는 강지나의 팔을 뿌리쳤다. 하지만 강지나는 다시 막아서며 쏘아붙였다.

"너 진짜 웃기더라."

"난 누구 웃기는 재주는 없는데. 왜 와서 시비야?"

"네가 내 글에 반박글 올린 거 벌써 잊어버렸어?"

옆에 서 있던 조해수가 입을 삐죽이며 말을 보탰다.

"민하 너 사람 손절만 잘하는 줄 알았는데, 기억 손절도 잘한다."

어이가 없어 헛웃음이 났다. 강지나 옆에 붙어 선 조해수는 기세등등했다. 내가 강지나를 손절했을 때 잘한 일이라며 제일 먼저 알은 척을 한 것도 조해수였다.

"내가 남미새라고? 그런다고 다른 애들이 믿을 것 같아? 그런 유치한 반격글이나 올리고."

강지나는 내가 올린 글이 어이없다는 듯 입을 삐죽였다. 저 입을 반듯하게 펴 주고 싶었다.

"네가 좋아하던 애가 너 스토커 같다고 했다고 말해 준 사람이 누군지 알아?"

강지나가 눈을 치켜뜨며 무슨 말이 하고 싶은 건데? 라고 되받아쳤다. 나는 조해수를 쳐다봤다. 강지나의 눈빛이 내 눈빛을 따라 조해수 얼굴에서 멈췄다. 조해수만 아무것도 모른다는 듯 눈을 깜빡였다. 강지나가 입술을 깨물었다. 관계란 건 시작과 끝을 확실하게 매듭지을 수 없는 걸까. 한때는 잠깐 친했었다. 하지만 나는 강지나를 손절했고 강지나도 나를 손절했다. 이제 우리는 아무 사이도 아니었다.

분명 선을 그었다고 생각했는데, 선에서 새어 나온 균열이 일을 더 지저분하게 만들고 있었다. 손절은 '끝'이어야 하는데 왜 이렇게 복잡하게 꼬여 버린 걸까? 또 조해수랑 강지나는 어쩌다 잘린 끝을 다시 묶게 된 걸까?

강지나는 내가 한 말 따위 상관없다는 듯 조해수의 팔을 더 꼭 붙잡았다. 일부러 나 보란 듯, 아무 타격 없다는 듯 보이려는 의도였다. 조해수도 강지나의 팔을 더 꼭 쥐며 말했다.

"유민하가 우리 사이 이간질하려고 저러는 거야. 알지? 쟤 저런 거 잘하잖아."

이제 조해수는 내가 진짜 나쁜 애라고 인식하는 듯했다. 하지만 조해수까지 상대할 기운이 없었다. 온라인에 반박 글까지 올렸고, 학교에는 소문이 날 대로 다 나 버렸다. 인제 와서 그 글들을 지운다는 건 더 우스운 꼴이 될 뿐이었다. 누가 더 오래 철판을 깔고 버티냐의 싸움이 되어 버렸다.

"민하 너 완전 발끈했던데. 그 글만 보면 네가 썼다고 누가 생각하겠어? 설마 누가 써 준 거 아니지?"

강지나가 이렇게까지 내게 적대감을 드러내는 이유가 궁금해졌다.

"솔직히 너하고 관련된 일도 아닌데, 네가 왜 이렇게까지 나서는 건지 이해가 안 돼. 네가 배연이나 서림이하고 친한 것도 아니고, 이 일로 너한테 피해 준 것도 없잖아."

강지나가 한 발짝 내게 가까이 다가섰다.

"나한테 피해 준 게 없다고? 네가 그런 식이니까 내가 널 싫어하는 거야."

무슨 말인지 전혀 짐작도 되지 않았다.

"네가 나 손절한다고 교실에서 공개적으로 말한 거 기억 안 나? 나 그 이후로 다른 애들한테도 손절 당하고, 학교에서도 학원에서도 왕따처럼 지냈어. 이래도 내가 피해 본 게 없어?"

하지만 내가 의도적으로 소문을 낸 건 아니었다. 강지나를 멀리한 걸 눈치챈 몇몇 애들이 이유를 물어봤고, 그 이유를 조해수에게 설명했을 뿐이었다. 우리 반 교실로 강지나가 찾아와 따져 묻길래, 그 자리에서 손절한 거라고 되짚어 줬을 뿐이었다.

"네 입에서 나온 말이 어떻게 불어났는지 알아? 내가 시간 도둑이라는 둥, 나랑 친하면 로드매니저 되는 거라는 둥……. 난 그냥 네가 별말 없이 잘 기다려 줘서 편하게 대했을 뿐이었는데……."

강지나가 입술을 꼭 깨물었다.

"내가 언젠가 너도 이 일로 역풍 맞을 줄 알았어. 어때? 공개적으로 당해 본 소감이?"

난 영화도 드라마도 웹툰도 복수극 장르는 좋아하지도 않는다. 그런데 내가 누군가에게 복수의 대상이 되었다는 게 실감 나지 않았다.

"네가 날 말없이 기다리게 하고, 너 혼자 딴 일 본 것도 맞잖아. 네가 날 친구로 생각했다면 그러지 말았어야지. 다른 애들이 널 멀리한 것도 다 네가 네 시간만 중요하고 너만 생각하니까 그런 거라고 했어. 나뿐 아니라 다른 애들 생각도 다 비슷했다고."

그때만 해도 내가 무슨 대단한 애라고 내 손절을 애들이 따라 할까? 싶은 생각도 했었다. 난 그냥 혼자 강지나를 손절했을 뿐이었다. 혼자 등을 돌렸을 뿐인데, 그게 왕따를 주도한 것처럼 비춰진 게 억울했다.

"그때도 말했잖아. 내가 문제가 있었으면 나하고 먼저 이야기해야 했다고."

서림이도 내게 같은 말을 했다. 손절이라는 결정보다 먼저 이야기를 해야 했다고.

"그래서 어때? 내가 너랑 아무 말 없이 온라인에 대놓고 네 평판 까발린 느낌이? 입장 바뀌어 보니까 어떠냐고?"

강지나가 한 발 더 다가왔다. 동그랗고 커다란 두 눈이 예쁘다고 생각했던 적도 있었는데, 지금은 검은 눈동자가 나를 집어삼킬 것처럼 공격적으로 느껴졌다.

"배연이랑 서림이 기분이 어땠을지 너도 느껴 보니까 어떠냐고?"

질 수 없었다. 그러고 싶지 않았다.

"전혀. 아무렇지도 않아."

당당하게 말하고 싶었지만 목소리가 떨리는 게 신경 쓰였다.

"조해수 네가 말해 봐. 내가 강지나 왕따시키라고 애들한테 시켰어?"

조해수가 나를 노려봤다.

"오히려 네가 다른 애들 데려와서 내 이야기 듣고 갔잖아. 내가 애들 부른 거 아니잖아."

강지나와 조해수의 시선이 정면으로 마주쳤다.

"지나야 그런 거 아냐. 그때 분위기가 어땠냐면……."

조해수가 말을 잇지 못하자, 복도를 메우던 소음이 잦아들었다. 근처에 있던 애들은 괜히 폰을 보는 척, 화장실에 가는 척하며 발걸음을 늦췄다. 시선은 다른 곳에 있어도 귀는 이쪽으로 열려 있는 게 느껴졌다.

"유민하가 프로손절러가 된 건 지나 사건 때문이 맞지."

교실 문에 기대선 애가 혼잣말하듯 내뱉었다.

"맞아, 임팩트 있었어."

낮게 수군거리는 소리 속에서 맞장구가 비어져 나왔다. 급기야 애들은 대놓고 나를 향해 손가락질했다.

"유민하, 게시글 빨리 지워. 그거 안 지우면 너 사이버 폭력으로 신고당할지도 몰라."

누군가 던진 말에, 이러다 이 일이 유튜브 영상으로 올라오는 거냐며 호들갑을 떨었다. 자기 얼굴은 모자이크해 달라는 말도 들렸다.

"너무 손절 남발한다 했지. 적당히가 중요한데."

예전에 내 자리로 찾아와 다른 애 평판을 묻곤 했던 애의 목소리였다.

"온오프 둘 다 피 터지는데, 남배연은 뭐하냐? 정서림은 어디 가고?"

누가 낄낄거리며 내뱉는 말에 다들 남배연 정서림을 찾아 고개를 돌렸다.

"붙는 김에 넷이 붙어."

"야야, 남배연 비밀 남친이자 유민하 짝사랑도 찾아야지. 난 그게 제일 궁금하던데."

학교에서는 걷잡을 수 없이 말이 퍼져 나갔고, 온라인에서는 댓글이 수시로 불어났다. 답을 찾으려 했다기보다, 마음을 위로받고 싶어서 쓴 글이기도 했다. 하지만 이제 내가 해결하고 싶었던 내 마음에 대한 답이 아닌, 다들 자기가 하고 싶은 말만 떠들어 댔다. 2층과 3층 계단은 관중석이 되어 버렸다. 어떤 애들은 휘파람까지 불었다. 링 안엔 나랑 강지나, 조해수가 서 있었다.

"야, 다들 비켜. 비키라고."

눈물이 왈칵 터져 나올 것 같은 다급한 순간, 누군가의 다급한 목소리가 그 공간을 파고들었다. 3학년 부장 선생님이었다. 그리고 그 뒤엔 수호가 있었다.

"뭣들 하는 거야. 이제 수업 종 치는데? 다들 교실로 안 들어가?"

학년 부장 선생님의 호통에 애들이 2차전은 언제 하냐며 볼멘소리를 했다.

"유민하, 너도 교실로 들어가."

수호가 선생님을 불러온 듯했다. 수호는 이 문제에 자신도 책임이 있다고 했다. 그래서 알게 모르게 애를 쓰는 듯했다. 또 배연이를 이 링 위에 세우고 싶지 않은 마음도 있었을 거란 생각이 들었다.

교실로 향하다 뒤를 돌아보았다. 학교 복도는 전에 없이 쓸쓸하고 서먹한 곳이 되어 있었다. 지금 내 옆엔 아무도 없었고, 내 편도 없었다. 교실로 들어가는 강지나의 어깨를 조해수의 팔이 감싸고 있었다. 이대로 학교 밖으로 나가고 싶은 마음을 간신히 억누르며 교실로 가려는데 3층과 4층 계단 사이에 얼굴 하나가 슬쩍 보였다. 언제나 내 편일 거라고 믿었던 서림이었다.

*

담임이 종례 후 교무실 옆 회의실로 오라고 했다. 배연이는 수업 한 시간을 남기고 조퇴했다. 들리는 말에 의하면 담임에게 먼저 불려 갔고, 그 이후에 체했다는 이유로 조퇴를 했다고 했다.

"방과 후에 본인 등판하는 줄 알았는데 집에 가면 어떡하냐고. 김 팍 샜잖아."

학교 애들은 이걸 재미난 경기를 보는 것처럼 말했다. 내가 왜 배연이에게 마음이 상했는지, 서림이는 왜 나를 이해해 주지 못하는지 그런 건 이제 아무 관심도 없었다. 누가 누구에게 더 거친 말을 했고, 자극적인 행동을 했는지에만 집중했다. 온라인 글도 마찬가지였다. 애들은 내 글과 강지나의 글 중 어디가 더 댓글 화력이 좋은지에 대해서만 이야기했다. 마음은 어디에도 없고, 말과 글만 살아남았다.

교무실에 가니 강지나가 와 있었다. 학년 부장 선생님과 우리 반, 강지나 반 담임도 있었다. 담임 앞에 노트북이 켜져 있었고, 십대고 홈페이지가 떠 있었다. 선생님들은 머리를 맞대고 앉아 글을 읽고 있었다.

"둘은 왜 말 많은 전국구 판에서 싸우고 있는 거야?"

학년 부장 선생님이 교직 생활 중 이런 일은 처음이라며 혀를 찼다. 십대고는 지난해 우울증을 겪고 있던 십 대 세 명이 만나 나쁜 사건에 휘말려 다큐 프로에 등장한 일이 있었다. 어른들에게 십대고가 좋은 이미지일 리 없었다.

"싸움은 유민하가 먼저 걸었어요."

"제대로 말해. 난 너한테 싸움 건 적 없어."

"유민하가 학기 초에 애들 동원해서 절 왕따시켰어요. 시작은 유민하가 먼저 맞아요."

선생님들의 시선이 동시에 날 향했다.

"내가 널 언제 왕따시켰어? 증거 있어?"

나도 모르게 커진 목소리가 싫었다. 나만 쫓기는 기분이 드는 것도 짜증스러웠다.

"민하야, 온라인에 글을 올린 것도 네가 먼저고, 듣자 하니 배연이랑 서림이까지 엮여 있던데, 도대체 무슨 일이야? 탈 없이 잘 지냈던 게 아니었어?"

담임 목소리엔 이미 내가 이 일의 주범이 된 것 같은 뉘앙스가 풍겼다. 어떤 감정도 섞지 않고 듣는다면 담임이 한 말은 맞다. 하지만 내 감정을 섞어서 말한다면, 그래야 한다면……. 갑자기 눈앞이 흐릿해졌다. 내가 왜 그랬는지에 대한 말을 도대체 얼마나 더 반복해야 하는 걸까.

"선생님, 제가 쓴 글 읽어 보셨다면서요. 근데 제가 더 말씀드려야 할 게 있어요? 제가 왜 거기에 글을 올렸는지 정말 이해 못 하세요?"

강지나가 혼잣말로 '이해는 무슨' 하면서 비웃자, 담임이 강지나에게 주의를 줬다.

"일단 다들 올린 글은 집에 가서 삭제하도록 하자. 이러다가 어느 학교인지, 누구인지까지 특정되면 곤란해져. 학교뿐 아니라 너희 모두 말이야. 알겠지?"

나도 내 글로 인해 누군가가 특정되길 바란 건 아니었다. 배연이와 서림이를 손절하려는 마음보다, 내 마음을 먼저 이해받길 원했을 뿐이었다. 내가 얼마나 좋아했는지 그래서 내가 느낀 배신감이 얼마나 큰지 위로받고 싶었다.

"그러지 말고, 지금 여기서 삭제해."

학년 부장 선생님이 노트북이 놓인 책상 앞으로 오라고 손짓했다. 담임이 그게 좋겠다며 강지나 손을 먼저 잡았다. 강지나는 어쩔 수 없다는 듯, 정말 그러고 싶지 않다는 듯 컴퓨터 앞 의자에 앉았다.

"선생님, 이거 지우면 저 너무 억울해요. 제가 힘들었던 것만큼 유민하도 똑같이 겪어 봐야 한다고요."

학년 부장 선생님의 표정이 굳어졌다.

"불특정 다수가 무슨 수로 너희 문제를 해결해? 그 문제를 해결할 기회는 학교 안에 있어. 너희가 원한다면 다시 자리를 만들 수도 있고. 어서 삭제해."

강지나는 입을 삐죽이며 마우스를 딸깍딸깍 움직였다. 학년 부장 선생님이 나를 향해 손을 까딱였다.

"왜? 어쩌다 인기글 한번 만들었는데 지우기 아쉬워?"

학년 부장 선생님의 말이 뭘 더 건드렸는지 갑자기 눈물이 막 쏟아졌다. 이러려고 그런 건 아니었는데 흐느낌이 더해졌다. 이 안에 있는 사람들 모두가 나를 의아하게 바라보는 것 같았다.

"네. 아쉬워요. 아쉬워서 그래요."

울먹이는 내 모습에 담임이 당황스럽다는 듯 나를 바라봤다.

최소한 그 댓글 속엔 내 마음을 알아준 사람들이 있었다. 하지만 이제 학교 안에도, 밖에도 나를 이해해 주는 사람이 단 한 명도 없다. 아무도 내 편이 되어 주지 않았다.

*

아프다는 이유로 학원을 빠졌다. 핑계만은 아니었다. 평소 금요일이라면 우리 셋은 각자 다른 학원에 갔다가, 별빛 공원에서 만났다. 배연이가 들고 다니던 하트 모양의 블루투스 스피커로 음악을 듣고, 시시한 이야기를 누구보다 재밌게 나눴다. 그러다 배가 고프면 공원 밖 편의점에서 간식을 사 먹었다.

시간을 알뜰살뜰하게 같이 보내다 배연이 엄마에게 호출

이 오면 헤어지곤 했다. 배연이 집에 가려면 더 멀리 돌아가야 하지만 서림이와 나는 늘 배연이를 집 앞까지 데려다줬다. 강지나 집으로 향하던 때와는 달랐다. 그땐 억지로 따라가는 기분이었지만, 배연이 집으로 가는 길은 늘 기꺼웠고 즐거웠다. 하지만 이제 내가 맞이할 금요일은, 지루하고 별 볼 일 없는 날일 뿐이었다.

그냥 집에 가긴 싫어 아빠 가게에 들렀다. 아빠가 만든 빵과 주스를 마시면 기분이 그런대로 조금 나아진다. 내 마음을 가장 잘 알아주는 아빠의 따뜻한 말이 그립기도 했다.

가게 문을 열자, 머리 위에서 짤랑 하고 종소리가 났다. 계산대 앞에 익숙한 뒷모습이 보였다.

"어, 민하야. 서림이 왔다. 둘이 여기서 만나기로 한 거야?"

아빠는 아직 우리 사정을 모르는 듯했다. 나는 대답을 얼버무렸다. 서림이가 빨리 가게를 나가 주기만을 바랐다.

"여기서 같이 먹고 가. 아빠가 차려 줄게."

아빠는 서림이가 골라 놓은 빵을 접시에 옮겨 담았다.

"둘 다 토마토 주스 마실 거지? 너희들 이거 제일 좋아하잖아."

말릴 새도 없이 아빠가 주스를 만들 준비를 했다. 그러면서도 계속 자리에 앉으라고 말을 건넸다. 무슨 생각인지 서림이가 자리에 앉았다. 짧은 시간에 수많은 생각이 스쳐 갔다. 글도 삭제당하고, 내 편은 아무도 없지만 적어도 나는 내 편이 되어야 했다. 내가 아는 손절은 이렇게 아무 일 없었다는 듯 마주 앉아 빵과 주스를 마시는 게 아니었다.

"아빠, 미안. 나 갑자기 급한 일 생각나서 가 봐야겠어."

빵도 챙기지 않고 밖으로 뛰어나왔다. 유리문 너머로 당황한 아빠의 모습이 얼핏 보였다. 서림이는 자리에 가만히 앉아 있었다. 서림이는 예의 바르니까 아빠가 한 말을 거절하기 어려웠을 거다. 나랑 서먹해지고도 아빠 가게에 온 것부터가 서림이답다고 해야 할까.

'역시 대문자 T 맞네. 그러니까 저렇게 아무렇지도 않지.'

*

집에 돌아와 십대고 게시판에 다시 들어가 봤다. 글을 다 삭제했으니 반응이 어떤지도 궁금했다. 프로손절러와 저격글, 반격글이 삭제되었다며 어떻게 된 건지 궁금해하는 글들이 중간중간 보였다.

댓글 분위기는 좋지 않았다. 아쉬운 건 나도 마찬가지였
다. 솔직히 온라인에서 강지나랑 한판 제대로 붙어 보고 싶
은 마음도 있었다. 내 잘못이 뭔지 난 아직도 잘 모르겠다.
왜 나 때문에 그렇게 상처받았다고 난리인지 전혀 모르겠
다. 강지나는 내 손절로 돌아선 애들 때문에 상처받았다고
했지만, 결국 조해수와도 다시 잘 어울렸다. 물론 내가 온라
인에 저격글을 올린 게 문제라면 문제겠지만. 그렇게 쉽게
마음을 바꾸는 애들이 별 볼 일 없게 느껴진 것도 사실이
다.

생각 없이 댓글 창 스크롤을 내리는데 수호에게 연락이
왔다.

"십대고에 배연이 비밀 남친 나라고 누가 올렸던데. 어떻
게 된 거야? 네가 올린 거야?"

"뭐? 뭐라고? 나 아니야. 진짜 아니야."

"아, 어떡해. 도대체 이게 뭐냐고."

수호는 이 일로 처음 내게 화를 냈다. 수호의 화난 목소리에 가슴이 덜컥 내려앉았다. 전화를 서둘러 끊고 다시 십대고 게시판에 들어갔다. 정말 그 잠깐 사이에 수호에 관한 글이 올라와 있었다.

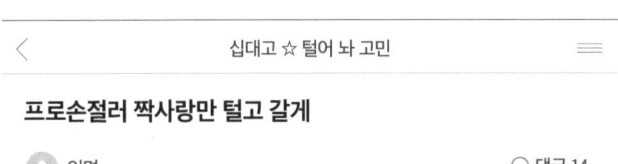

십대고 ☆ 털어 놔 고민

프로손절러 짝사랑만 털고 갈게

익명   댓글 14

알릴 건 알려야지.
이 모든 일의 시작이 된 B의 비밀 남친, 누군지 궁금하지?
같은 반 ISH임.
할 말 많지만 여기까지만 할게. 진짜 빠이-

글이 올라오자, 이제 곧 사건 당사자들의 얼굴까지 팔리는 거 아니냐는 댓글이 올라왔다.

댓글 하나에 공포 영화를 볼 때처럼 머리카락이 쭈뼛 섰다.

수호

혹시 정서림이 올린 거 아냐?

아닐 거야. 서림이는…….

수호

아,
배연이가 알면 큰일인데.

수호는 문자 메시지만으로도 안절부절못하고 있다는 게 느껴졌다. 학교 애들은 모두 십대고 게시판만 보고 있는 모양이었다.

수호

> 너 왜 일을 이렇게 만들어.
> 그냥 둘이 화해하라니까.
> 너희 도와주려다가 나까지 털렸잖아.

> 선생님들이 알고 계시니까
> 얼굴까지 공개되진 않을 거야.

수호

> 야, 그럼 뭐 해.
> 지금 학교 애들한테 톡이랑
> 디엠 계속 오고 있다고!

머릿속은 안개가 낀 것처럼 답답했고, 제대로 된 생각이나 해결책은 떠오르지 않았다. 십대고 글은 어느새 피해자와 가해자를 뒤집더니, 아무 잘못도 없는 사람에게까지 피해를 주고 있었다. 한편으로는 선생님들이 나서 줘서 다행이다 싶었지만, 수호까지 공개되고 말았다.

그때였다. 모르는 번호로 문자가 왔다.

010-4783-8470

> 나 배연이야.
> 지금 좀 만날 수 있어?

디엠도, 톡도, 전화도 다 차단했는데 결국 다른 번호로 문자가 왔다. 배연이 귀에도 수호에 관한 글이 들어갔을 테니 많이 다급했을 거다. 수호까지 밝혀졌고, 배연이한테 뾰족한 해결책이 있을 리도 없다. 하지만 마지막으로 한 번은 만나야 한다면 지금이 그때인 것 같았다.

> 어디서 볼까?

별빛 공원에 온 건 거의 열흘 만이었다. 그전에는 우리 셋이 매일 들르던 곳이었는데, 그 사건이 터지고부터는 한 번도 오지 않았다. 늘 함께 앉던 벤치로 향했다. 배연이가 먼저 와 기다리고 있었다. 벤치 뒤에 가로등이 배연이의 등을 비추고 있었다.

"왜 보자고 했어?"

배연이가 앉은 벤치 끝에 앉으며 덤덤하게 물었다. 하지만 배연이는 나를 바라보지 않았다. 그래서 나도 앞만 바라봤다. 그리고 1분가량, 아무 말 없이 시간이 흘렀다.

"나오라고 했으면 말을 해."

배연이가 내 쪽을 바라봤다.

"수호까지 알려졌더라."

"수호 걱정돼서 나보고 나오라고 한 거야?"

이제 수호도 나를 안 보려 하겠지. 그사이 둘이 연락했을 테고, 아마 이 모든 일이 나 때문이라고 말했을 거다.

"아니, 민하 네가 걱정돼서."

뜻밖의 말에 놀라 나도 모르게 배연이를 쳐다봤다. 배연이의 얼굴이 오늘 학교에서보다 훨씬 더 어두워 보였다.

"있잖아. 민하야. 그날 휴대폰을 잃어버렸어. 그래도 어떻게든 연락을 해서 늦는 이유를 설명해야 했는데……. 나도 너무 정신이 없었어."

"설명 안 해도 돼. 듣고 싶지 않아."

"난 그냥 너하고 우정을 지키고 싶었을 뿐이야. 솔직히 난 수호보다 너랑 서림이하고 관계가 더 중요했어. 수호랑은 어차피 오래 사귈 게 아니었기 때문에……."

"듣고 싶지 않다니까. 지금 와서 그런 말이 다 무슨 소용이야."

내가 좋아하는 수호는 왜 내가 아니라 배연이를 그렇게 좋아하는 건지, 조금 질투도 났다. 지금 수호가 나에게 더 화가 난 이유는 배연이가 이 일로 상처받을까 봐서였다.

"내가 미안해, 고마워, 뭐 그런 말을 잘 못 해. 그냥 너무 빤한 말 같아서 낯간지럽기도 하고……. 근데 너한텐 꼭 해야 할 것 같아서 나오라고 한 거야."

들고 싶지 않았다. 그렇다고 내 마음이 풀리는 것도 아니고, 이제껏 생긴 이 복잡한 일들이 사라지는 것도 아니다.

"늦었지만 미, 미안해."

그런데 배연이의 미안하단 말을 듣는 순간, 가슴에 꽉 막혀 있던 게 덜컥하며 움직이는 소리가 났다. 하지만 나는 어쩐 일인지 그 소리를 꽉 붙잡아야 할 것 같았다. 흔들리고 싶지 않았다.

"소, 소용없어. 그, 그런 빤한 말 듣고 싶어서 너 손절한 줄 알아?"

배연이가 고개를 끄덕였다. 그러고는 주머니에서 카피바라 키링을 꺼내 내게 내밀었다.

"이건 너 돌려줘야 할 것 같아서 가져왔어."

"됐어. 네가 버리든지 해."

"이게 나한테 있으면 자꾸 너를 생각할 것 같아. 그리고 내가 네 손절을 받아들이지 않으면 학교에서 너랑 다른 애들이 더 곤란해질 것 같기도 하고. 아무튼 미안해. 그리고 그동안 고마웠어."

배연이는 카피바라 키링을 내 무릎에 올려 두고, 벤치에서 일어나 별빛 공원 밖으로 빠져나갔다. 이건 손절이 아니라 이별 같았다. 마음이 한 번 더 덜컥거렸다. 하지만 이 관계를 끝낸 건 나였다. 후회하고 싶지 않았다.

이니셜 B 키링이 함께 달린 카피바라를 손으로 주물러 보았다. 이걸 만지면 기분이 좋아지고, 딱딱하게 굳었던 마음이 말랑말랑해진다고 했다. 그런데 아무리 주물러 보아도 마음이 나아지지 않았다.

*

"말도 없이 어디 갔다 왔어? 전화도 안 받고 걱정했잖아."

엄마는 현관문을 열고 들어오는 나를 보고는 내 방으로 따라 들어왔다. 엄마가 침대 끄트머리에 앉아 걱정스러운 얼굴로 나를 바라봤다.

"서림이랑 화해 안 해?"

그사이 있었던 일들을 엄마에게 설명할 자신이 없다. 그럴 힘도 없었다.

"서림이 요즘 많이 힘든지, 밤에 혼자 방에서 우는 것 같다더라. 도대체 무슨 일이 있었던 거야?"

"서림이가 운다고?"

"응. 원체 감정 표현도 잘 안 하는 앤데 우니까 현정이가 걱정되나 봐. 근데 너도 매일 눈이 퀭하고 기운 없이 다니잖아. 이런데 걱정을 어떻게 안 하니?"

어떤 점이 서림이를 힘들게 하는 걸까? 물어보고 싶었지만 그럴 수 없다. 우리는 서로를 손절했다.

"엄마는 현정이 이모랑 한 번도 안 싸웠어? 어떻게 매번 그렇게 사이가 좋아?"

내 말에 엄마가 피식 웃었다.

"매번 좋기만 한 사이가 어딨어. 꼭 그게 건강한 것도 아니고. 우리도 많이 싸웠지. 손절도 몇 번이나 했다면 믿을래?"

엄마는 손절이라는 말을 하면서도 뭐가 재밌는지 입가에 미소가 번져 있었다.

"위기는 항상 있어. 중요한 건 어떻게 넘기느냐겠지. 친구 관계도 시간이라는 게 필요한 것 같아. 나쁠 땐 잠깐 떨어져 지켜보기도 하고, 사람 힘으로 안 되는 건 시간이 해결해 주기도 하거든. 돌이켜보면 좋았던 기억이 더 많은 것 같아. 그 기억들이 갑자기 사라지진 않을 테니. 좋은 추억은 힘들 때 버틸 힘이 되어 주기도 해."

엄마는 내 등을 따뜻하게 쓸어내렸다. 좋았던 시간은 분명 있었다. 나처럼 평범한 애랑 친해지고 싶다며 먼저 다가온 배연이는, 늘 나를 웃게 만들었다. 수호와는 말 한마디만 오가도 얼굴이 빨개지던 짝사랑이었지만, 그 나름대로 설레고 행복했다. 답답하고 지루한 학교생활 속에서도 우리는 웃고, 추억을 만들었다.

서림이도 마찬가지였다. 감정을 드러내지 않아 답답할 때도 있었지만, 가장 오래된 친구라는 사실은 변하지 않았다. 감정보다 해결책을 먼저 내놓는 서림이의 성향 덕분에, 고민을 털어놓을 때면 오히려 마음이 편해질 때도 있었다. 그런데 그런 서림이가 울고 있다니.

우리의 일이 왜 이렇게까지 커져 버린 건지, 어디서부터 잘못된 건지 도무지 손에 잡히는 게 없었다. 다만 분명한 건, 나는 이제 모두를 손절했다는 사실이었다. 되돌리기엔, 잘려 나간 부분을 이어 붙일 수 없게 됐다. 배연이가 돌려준 카피바라 키링을 책상 서랍 속 깊이 넣었다.

'서림이는 카피바라를 어떻게 했을까?'

우리는 초등학교 1학년 입학식 날, 첫 휴대폰을 개통했다. 번호는 달랐지만, 내 번호를 외울 때 함께 외웠던 번호가 서림이의 번호였다. 하지만 이제는 전화를 걸 수 없다.

십대고 게시판에 접속했다. 이 일이 더 크게 번지는 건

멈춰야 했다. 제목을 썼다 지웠다를 반복했다. 말씨 하나 잘못 고르면 또 다른 분란이 생길 게 분명했기 때문이다.

내 손절의 마지막 이야기

👤 익명　　　　　　　　　　　　　　🔍 댓글 11

그래, 내 글 오프라인에도 다 까발려졌어. 내 문제는 내가 판단했어야 했는데, 크게 후회하는 중이야.

내 주변 사람들에 대한 추측 같은 건 모두 자제해 줘. 짝사랑 이니셜도 다 틀렸어. 이런 글 올라오면 바로 신고할 예정.

더 이상 피곤한 일 만들고 싶지 않아. 다들 손절 뇌절 그만하고 현생에 집중하길.

🔍 댓글 ▼

정신 승리 장난 없네. 끝까지 남 탓. 역시 프로다움.

짝사랑 공개되니까 도망가는 거야? 역시 너는 ㄴㅁㅅ??

> 손절 글 이제 나만 지겨움? 이제 더 궁금하지도 않은데.
>
> ㄴ 나도 나도. 글삭튀 했을 때 이미 관심 꺾임.
> ㄴ 나중에 그 애들이랑 다시 잘 지낸다는 소식만
>   전하지 마. 그럼 진짜 계정 추적해서 찾아간다.
>
> ---
>
> 왠지 프로손절러가 모두에게 손절당했을 듯.

내가 모두에게 손절당했을 거라는 댓글은, 여태 내 글에 달린 댓글 중 가장 많은 공감을 받았다. 처음엔 다들 내 얘기에 공감하며 내 편을 들어 줬다. 하지만 강지나의 저격글이 올라오자, 여론은 순식간에 방향을 틀었다. 열렬하던 지지는 사라지고 판단과 비난만 남았다. 그래도 상관없었다. 내가 이 글을 쓴 건, 더 이상 다른 피해자가 생기는 걸 막기 위해서였으니까.

그리고 이제 정말 모든 것은 끝났다. 두 번 다시 게시판에 글을 올리는 일도 없을 거다. 친구도, 좋아했던 마음들도, 함께했던 시간도 모두 손절이다. 싹둑싹둑, 잘라 냈다. 침대에 누웠다. 어찌할 겨를도 없이 눈물이 났다. 손절의 단면은 생각보다 훨씬 날카로웠다.

고립의 시간 ✕

학교 내에서는 수호에 대한 이야기가 모두에게 퍼져 있었다. 교감 선생님은 조회 시간 전 방송을 내보냈다. 불특정 다수가 이용하는 공개 사이트에 자신의 신상뿐 아니라 타인의 신상을 올리는 건 특수한 피해나 범죄에 악용될 수 있으니 삼가라는 말이었다. 관련 규칙을 어길 시에는 조치가 있을 거란 말도 덧붙였다. 선생님들이 나서서 글을 삭제하라고 했을 땐 불만이었는데, 오늘은 이만하길 다행이란 생각이 들었다. 나도 이제 이 일로 더 신경을 쓰고 싶지 않았다.

배연이와 사귀었다는 말에, 오히려 수호는 인기를 더 얻은 듯 보였다. 수호를 보려고 1, 2학년 애들이 우리 반 앞을 찾아오기도 했다. 수호는 구겨진 얼굴로 고개를 숙이고 있었고, 배연이는 쉬는 시간마다 엎드려 있었다. 며칠 전부터는 펌을 한 앞머리를 다 펴서 길게 늘이고 나타났다. 얼굴을 보이고 싶지 않다는 뜻인 것 같았다.

서림이는 겉보기엔 그전과 다름없는 학교생활을 하는 듯 보였다. 그런데 국어 시간 수행 평가 때 한 권 한 책 읽기 발표를 하던 중, 서림이가 책에서 읽은 주인공의 마음을 이해할 수 없다는 식의 발표를 했다. 그때 김민주가 '그래서 네가 공감력 없다고 하는 거구나.'라는 말을 했다가 분위기가 싸해지는 일이 있었다.

나는 나대로 잘 지내는 듯 보이려 애를 써야 했다. 강지나는 아직도 나를 보면 매섭게 쩨려봤고, 조해수는 주변 애들을 들쑤셔 뒤에서 내 흉을 보는 듯했다. 그러거나 말거나 그 앞을 지나갈 땐 아무렇지 않은 모습을 보이려고 했다. 내 자존심은 끝까지 지키고 싶었다.

"애쓴다. 그러다 쓰러질라."

강지나의 비아냥도 못 들은 척 지나갔다. 이젠 강지나의 그런 말들이 신경 쓰이지 않았다. 하지만 늘 기분은 가라앉았다. 뭘 해도 재미가 없고, 뭘 먹어도 맛이 없었다. 혼자 하는 학교생활은 더없이 지루했다. 곧 시작될 여름 방학만 손꼽아 기다릴 뿐이었다. 가끔 급식을 먹지 않았고, 가끔 말 붙이는 애들하고 별 의미도 없는 이야기를 하며 시간을 보냈다. 그 애들이 나와 친해지고 싶어서 말을 붙이는 건 확실히 아니었다. 수호 이야기를 떠보거나, 내 상황이 궁금해서 가십거리로 삼으려는 것뿐이었다. 담임 선생님은 게시판 사건 이후로 나를 보기와는 다른 애라고 인식을 바꾼 듯했다. 딱히 어떤 일이 있어서라기보다, 원래 그런 건 말하지 않아도 너무 잘 느껴지는 법이다. 그리고 수호는 나에게 한 번도 말을 걸지 않았다. 나는 안다. 이 또한 손절의 방식 중 하나라는 걸. 모든 관계는 끊어지기 위해서 존재하는 것만 같았다.

*

아빠가 가게에 들러 빵을 받아 가라고 해서, 삼호 아파트 쪽으로 가는데 앞에 익숙한 두 사람의 뒷모습이 보였다. 배연이랑 서림이었다. 둘이 학교에서 따로 나가는 것을 봤는데, 어디서 만나 어디로 가는 건지 궁금했다.

'나 왜 궁금해하는 거야. 진짜 웃긴다.'

고개를 돌리고 그 애들을 바라보지 않으려고 했다. 하지만 자꾸만 시선이 그 둘을 향했다. 용돈을 받은 날도 비슷했던 우리 셋은 같이 요아비에 가서 토핑 하나를 더 추가해서 먹었다. 또 누가 먼저 별빛 공원 벤치에 도착하나 뛰어갔다. 그럴 때마다 앞서 뛰던 배연이와 서림이의 카피바라 키링이 신나게 흔들리는 걸 보는 게 좋았다. 하지만 지금 저 둘의 가방엔 카피바라 키링이 없었다. 그리고 나 역시 키링을 떼어 버린 지 오래였다.

관심 없는 척 휴대폰을 무음으로 바꿨는데, 빵을 받고 집에 가는 길에 몇 번이나 휴대폰을 꺼내 봤다. 오히려 더 신경이 쓰여 소리를 키웠다. 몇 초 후 디엠 알림이 울려 휴대폰을 확인했다. 팔로우 추천 따위였다.

'기다리는 연락 같은 거 없어. 없다고.'

집으로 가는 길, 자꾸만 주위를 두리번거렸다. 혹시나 누군가가 나를 기다리고 있을까 봐, 혹은 누군가가 나를 꼴좋다고 비웃을까 봐 신경 쓰였다. 모두를 손절했는데, 이럴 리가 없는데 마음이 자꾸만 가라앉았다.

"휴대폰, 너도 이제 손절이다."

불쑥 화가 난 마음에 휴대폰을 꺼 버렸다. 불쑥불쑥 배연이랑 서림이가 함께 걷던 뒷모습이 떠올랐다. 그사이에 다시 들어가고 싶은 것도 아닌데, 왜 그런지 알 수 없었다.

*

학원도 그만 손절하고 싶었지만 엄마 눈치가 보여 참고 다녀왔다. 집에 와 보니 아빠가 오랜만에 일찍 집에 돌아와 있었다.

"아빠 오늘 90퍼센트 팔았대. 완판되면 너무 놀랄 것 같아서 일찍 접고 왔대."

준하가 신이 나서 내가 신발을 벗기도 전에 종알거렸다. 엄마는 준하의 말에 기분이 좋았다가도 나를 보고는 그만 안쓰러운 표정이 되고 말았다.

며칠 전 현정이 이모가 엄마에게 보낸 카톡을 미리 보기로 읽었다. 서림이가 전학 가고 싶다고 했다며, 요즘 내 근황을 물었다. 그 말에 마음이 괜히 뾰족해졌다. 배연이랑 잘만 다니던데, 전학은 무슨. 아직도 사정을 잘 모르는 엄마는 내게 시간이 해결해 줄 거라는 말을 하며 나를 위로해 줬다.

"우리 민하, 그동안 아빠 걱정 많이 했지?"

아빠도 엄마에게 들어서 알 거다. 예쁜 말을 골라서 듬뿍

해 주는 아빠를 보면 알 수 있다.

"그럼. 내가 아빠 키우느라 얼마나 힘들었는데."

내 말에 아빠가 히히히 웃으며 손바닥으로 내 두 뺨을 비볐다. 온종일 빵을 만드느라 거칠어진 아빠의 손이 오히려 부드럽게 느껴졌다. 오래 연습하고, 시간을 들여 관심을 늦추지 않았던 아빠의 시간이 만들어 낸 흔적이었다. 결국, 오래 돌아가는 일이 쉽게 포기하는 것보다 더 나은 결과를 만든다는 아빠의 말이 예사롭지 않게 들렸다.

"참, 그리고 얼마 전에 악성 리뷰 단 사람 알아냈어. 알고 보니까 그 사람 완전 꾼이더라고. 여기저기 악성 리뷰 달면서 자기 존재감 드러내는 사람이래. 우리 가게뿐 아니라 이 동네 몇 군데 가게도 당했다더라고."

"쓰레기통에 빵 버리고 우웩거리던 사람?"

준하 말에 아빠가 고개를 끄덕였다.

"응. 다른 가게랑 싸움이 붙어서 자기 집이 삼호 아파트니까 거기로 찾아오라고 했대. 그래서 그 가게 주인이 가서 만났나 봐. 도저히 별점 1점 받을 이유가 없으니까 억울해서 찾아갔나 보더라고."

아빠는 현실에서 자신 없으니까 온라인에 숨어서 악담을 퍼붓는 거라고 했다. 나, 댓글을 단 수많은 사람들, 강지나 그리고 우리를 링 위에 올려놓고 구경하던 학교 애들까지. 그중에서 글과 말 뒤에 숨어 함부로 평가하고 손가락질한 사람은 과연 누구일까. 이유 없이 여러 가게에 악성 리뷰를 남기는 사람과 우리는 뭐가 다른 걸까. 그 생각이 미치자 얼굴이 화끈 달아올랐다.

그리고 그 리뷰는 배연이가 쓴 게 아니었다. 내가 그 사건을 이야기하며 서림이랑 다퉜던 날, 서림이는 나를 손절했다. 삼호 아파트와 '우왝'이란 단어에 꽂혀, 다른 사람일지도 모른다는 생각은 해 볼 겨를조차 없었다.

*

학교에선 온라인 게시판 이용에 주의하라고 했지만, 나는 가끔 게시판에 들어와 다른 애들이 올린 고민글을 읽곤 했다. 이 시간에 고민하는 사람이 많다는 것만으로도 위로가 됐다. 세상의 많은 고민 속에 숨어서 내 고민을 묻어가고 싶었던 것도 같다. 강지나가 수많은 고민글 속에서 내 글을 읽게 된 것도 그럴 만한 일이었다. 어쩌면 강지나도 자신과 같은 일을 겪은 사연을 찾아보면서 위로를 받지 않았나 싶었다.

게시판 내 돋보기를 누르자 검색창이 열렸다. 우정, 친구, 고민 등의 키워드를 넣어 봤다. 수천 개의 게시글이 나타났다. 할 일도 없고 관심 가는 제목이나 댓글 수가 많은 것들 위주로 하나씩 읽어 보았다. 침대에 누워 고민글만 읽다가 잠이 들 무렵, 눈에 띄는 게시글 하나가 보였다. 댓글도 120여 개가 달려 있었다.

십대고 ☆ 털어 놔 고민

내가 좋아하는 친구가 내 남친을 좋아한다면?

익명   댓글 122

중3 때 전학와서 걱정했는데,

금방 친해지고 싶은 애가 생겼어.

나는 보기엔 활달하고 명랑해 보이지만

은근 소심하기도 하고,

잘 미루기도 하고, 해야 할 말을 잘 못 하기도 해.

그런데 얘는 내가 무슨 말을 해도

너무 잘 들어 주고, 웃어 줘.

무엇보다 같이 있으면 특별한 걸 하지 않아도

너무 편안하고 즐거워.

근데 그 친구가 나한테 비밀을 털어놨어.

좋아하는 애가 있대.

근데 그 애가 내 남자친구인 거 있지.

나는 아직 내 남자친구의 존재에 대해 얘기하지 않았거든.

친구의 고백을 듣고 놀라서 내색하진 않았는데,

세상에 비밀은 없는 거잖아. 뒤늦게 들킬까 봐 겁나.

내가 먼저 그 친구한테 말해야 할까?

다들 의견을 모아 줘. 너무 고민돼서 잠도 안 와.

Q 댓글 ▼

당연히 계속 비밀로 해야지. 어떻게든 꼭 비밀 지켜.

ㄴ 털어놓을 생각이었다면 그 말 들었을 때
  바로 했어야지. 이미 타이밍 놓쳤네.

ㄴ 지금 우리에겐 사랑보다 우정이 소중한 것 같아.
  솔직히 남친 그런 거 없어도 학교생활 하는데 문제없
  지만, 친구 잃으면 학교생활 힘들어짐. 우정 생각해서
  비밀 잘 지켜.

ㄴ 그 친구가 그렇게 소중하면 남친이랑 정리해.
  그럼 나중에 밝혀져도 친구가 이해해 줄 거야.

"설마, 배연이?"

가슴이 두근거렸다. 게시글이 올라온 날은 내가 배연이에게 수호에 대한 내 마음을 고백한 그날 밤이었다. 확실했다. 이건 배연이가 올린 글이었다. 게다가 이 상황을 계속 비밀로 유지하라는 댓글이 훨씬 많았다. 배연이의 진짜 속마음을 뒤늦게 그것도 이런 식으로 듣게 될 줄은 몰랐다.

별걸 하지 않아도 좋았다. 요아비에서 민트를 고르면 이제 자동으로 라즈베리를 골랐다. 요아비 사장님은 우리 셋이 예쁘게 잘 논다며 가끔 토핑을 더 얹어 줄 때도 있었다. 편의점에서 컵라면에 삼각김밥을 먹을 땐, 내가 좋아하는 콘치즈마요를 제일 먼저 골라 줬다.

어느새 배연이가 좋아하는 인디 밴드의 노래를 내 플레이리스트에도 저장해서 듣곤 했다. 단톡방 대화가 밤늦게 끝나는 날이면, 우린 서로 카피바라 키링을 침대에 눕힌 사진을 올리는 것으로 굿나잇 인사를 하곤 했다. 이게 정말 배연이라면 지금 어떤 생각인지 궁금했다.

> ㄴ 친구가 소중했으면 밝혔어야지. 친한 친구라면서 나중에 배신감이 얼마나 크겠어?

떨리는 마음으로 댓글을 달았다. 1분도 지나지 않아 대댓글 알림이 울렸다. 작성자였다. 나는 그 작성자에게 아니, 배연이에게 계속 댓글을 달았다.

> ㄴ 나도 너무 후회해. 결국 친구가 알게 됐고 우린 이제
>   멀어졌어. 시간을 되돌릴 수만 있다면 나는 솔직하게
>   말했을 거야.
> ㄴ 친구한테 사과했어? 그 친구가 뭐래?
> ㄴ 내가 사과하고 그런 걸 잘 못 해. 뒤늦게 사과했는데
>   일은 더 커졌어. 근데 난 걔 마음 이해해.
>   다 내 잘못에서 시작된 거니까.
> ㄴ 사과 안 받아 줘도 속상해하진 마. 걔로선 당연히
>   그럴 수 있어. 걔도 널 정말 좋아해서 비밀을 공유했을
>   테니까.
> ㄴ 그치만 많이 속상해. 그 친구를 잃어버려서. 내가
>   정말 좋아했거든. 남자 친구보다 더 소중했는데……

기분이 묘했다. 배연이는 내가 손절한다 했을 때도 계속 나를 붙잡았다. 배연이의 마음을 모르는 것도 아니었다. 그런데 서로를 숨긴 채 대화를 나눠 보니 배연이 입장이 이제야 보이고 들렸다.

'내가 들으려고 하질 않았었나…….'

이 생각은 결국 '오해를 이야기로 직접 풀었더라면 우리는 지금 어떻게 됐을까?' 하는 질문으로 이어졌다.

'이젠 뭐가 뭔지 정말 모르겠어.'

15초 멘탈스낵 쇼츠에 몇 번이고 반복된 이야기는, '한 번 어긋난 관계는 계속해서 어긋난다.'였다. 어긋난 관계에 기회를 주기보다는 자기 자신을 보살피는 것이 더 중요하다고 했다. 15초면 충분했다. 더 이상은 시간 낭비다. 하지만 생각을 다잡을수록 마음은 편해지지 않았다.

나는 더 많은 인간관계 영상을 파고들었다. 보고 또 보고, 어떤 건 메모까지 했다. 아무리 열심히 보고 머릿속에 채워도 가슴 어딘가가 텅 빈 것 같았다. 그 사이로 바람 소리가 들리는 것 같았다.

나를 지키겠다는 이유로 배연이도, 서림이도 모두 손절했다. 그런데 나는 정말 지켜진 걸까. 오히려 지켜야 할 마음까지 잘라 낸 건 아닐까. 왜 이렇게 마음이 허한지, 어디에라도 묻고 싶었지만 내가 닿을 수 있는 곳은 휴대폰 속에도, 컴퓨터 화면 속에도 없었다.

*

여름 방학이 이틀 남았지만 학교는 벌써 방학이 시작된 듯 들떠 있었다. 나는 들떠 있는 애들 사이로 먼지처럼 때로는 공기처럼 떠다녔다. 애들 눈에 띄는 것이 싫었고, 내 앞에서 일부러 큰 소리로 손절을 떠드는 애들을 보면 머리가 아팠다. 배연이나 서림이와 최대한 마주치지 않으려 특히 더 애를 썼다.

배연이와 서림이는 가끔 둘이서 뭔가를 이야기하는 듯 보였다. 무슨 이야기인지 궁금해지는 마음까진 어쩔 수 없었다. 내 인스타그램은 그 사건 이후로 비공개로 돌려났다. 하지만 인스타그램에 들어가 배연이가 올리는 스토리의 빨간 원을 볼 때면 열어 보고 싶은 궁금증이 들기도 했다. 아무에게서도 연락이 오지 않았고, 주말인 오늘도 역시나 나는 혼자였다.

"민하야, 엄마랑 마트 같이 갈래?"

오전 내내 내 눈치만 보던 엄마가 내 팔짱을 끼고 나섰다. 나가기 싫었지만 엄마가 나 때문에 마음을 쓰는 것은 미안했다. 동네에 새로 대형마트가 생겼다고 해서 가는데 하필이면 요아비 매장 앞을 지나가야 했다.

"어, 너 요즘 왜 아이스크림 먹으러 안 와?"

요아비 사장님이 문밖에 나와 있었다. 나는 조용히 인사를 꾸벅했다.

"다른 애들도 따로 오던데. 혹시 셋이 싸웠어?"

사장님이 묻는 말에 대답할 수 없었다. 엄마가 웃으며 '다음에 같이 올 거예요' 하고 대답해 줬다. 사장님이 다음에 오면 과일 토핑을 서비스로 주겠다며 셋이 같이 오라고 했다. 이제 요아비도 손절. 눈물이 핑 돌았다.

화면 밖 우리에게 ×

방학식 하루 전날 학년별로 학예회를 했다. 엄마에게 말해 체험 학습 신청이라도 내고 싶었지만 그러지 않기로 했다. 도망가는 모습을 보이고 싶진 않았다. 어차피 하루이틀만 참으면 방학이니 하는 데까진 해 보고 싶었다. 학예회 장기자랑은 신청자들을 미리 받았다. 강지나는 학예회 준비 위원장을 맡았는데, 그 과정에서 애들이랑 꽤 다툼이 있었다고 며칠 전부터 소문이 들려왔다.

"강지나 또 애들한테 손절당할 것 같아. 그 난리를 쳤는데도 아직 버릇 못 고쳤다니까."

"강지나랑 싸웠을 때 애들이 자기가 좋아서 편든 줄 아나 봐."

"자기 마음대로 순서 정하고, 회의하면 맨날 늦게 나타난다며? 자기가 뭐 대통령이라도 된 줄 아는 거?"

"근데 조해수도 진짜 황당해. 애들이 다 강지나 욕하는데 이번엔 강지나 옆에 꼭 붙어 있더라."

"그 사건 이후로 둘이 진짜 돈독해졌다고 하던데. 이제 서로를 진심으로 이해하게 됐다나 뭐라나."

애들은 볼 거 다 보고, 겪을 거 겪어 봐서 이제 둘이 갈라설 일은 없을 것 같다는 말도 했다. 서로가 아니면 이제 친구가 없어서가 그 이유일 거라고 했다.

하지만 내 생각은 좀 달랐다. 어쩌면 강지나랑 조해수는 그 일을 계기로 진짜 친구가 된 건 아닐까 싶었다. 강지나 얼굴이 조해수랑 있을 때 편안해 보이는 것 같아서였다. 우리는 모두 너무 복잡하거나 너무 단순하다.

"자, 다음 참가자는 3학년 3반 남지완 학생이 한여름 밤 사랑의 감성을 깨우는 무대를 준비했습니다. 부를 노래는 '친구의 친구를 사랑했네'입니다."

그린이라면이 부른 이 노래는 요즘 이 노래는 3대 뮤직 앱 차트 모두에서 10위 안에 들었다. 남지완이 마이크를 폼 나게 잡고 무대에 섰다. 반주가 시작되자 애들이 '오' 하는 환호성을 질렀고, 떼창을 시작했다.

♬ 차라리 눈 감고 뒤돌아서서 고백해 볼까
친구의 친구를 사랑했네

남지완은 이 무대로 학예회 대상을 받았고 선물로 문화
상품권 세 장을 받았다. 모두가 즐거워했지만 나는 하나도
즐겁지 않았다. 배연이는 좋아하는 노래를 제대로 즐기지
못하는 듯했고, 수호는 멀뚱거리며 주위를 두리번거렸다.
서림이는 내 뒤에 있어서 보지 못했지만 아마도 담담한 표
정으로 손뼉을 쳤을 거다.

학예회가 끝나고 반별로 강당을 나가는데 앞서 걷던 애
가 주춤거리는 바람에 나도 그만 뒤로 한 발짝 물러났다.
순간 누군가의 발을 밟았는데 뒤를 돌아보니 배연이었다.
발이 아픈지 얼굴을 찡그렸다가 나랑 눈이 마주치고는 바
로 표정을 풀었다. 미안하다는 말을 해야 하나 잠깐 망설이
다가 뒤에서 애들이 더 많이 미는 바람에 타이밍을 놓쳤다.
교실로 올라가며 예전에 우리였다면 어땠을까 하는 생각을
했다. 나는 요즘 자주 가정법을 생각한다.

방학이 이틀 지났다. 낮에 학원만 갔다가 집에서 혼자 시간을 보냈다. 아이패드로 넷플릭스를 돌려보다가 그마저도 관심이 떨어졌다. 남은 방학 동안 뭘 하며 시간을 보내야 하나 벌써 지루하게 느껴졌다. 이제는 15초 멘탈스낵을 볼 일도 없었다. 휴먼링크나 블랙심리학 채널도 안 본 지 여러 날 되었다. 이제 나에겐 관계라고 할 것이 없었다. 잘라 내는 것보다 붙이거나 연결하는 게 더 어려운 일이라는 걸 깨닫는 요즘이었다.

학예회 때 들어서인지 의도치 않게 자꾸만 '친구의 친구를 사랑했네'라는 가사가 맴돌았다. 그러고 싶지 않은데도 자꾸만 흥얼거렸다.

"와, 노래 손절은 힘드네."

예전에 배연이가 노래가 자꾸 맴돌아서 성가실 땐, 아예 그 노래를 질릴 때까지 들어 버리면 된다는 말을 했었다. 그러면서 이열치열이란 사자성어를 댔는데, 그게 무슨 상관이냐며 셋이서 웃었던 기억이 났다. 왜 그 말이 생각났는지, 나도 모르게 유튜브에 '그린이라면'을 검색했다. 연관 동영상에 '친구의 친구를 사랑했네' 무대 영상이 줄지어 올라왔다. 그러다 몇 시간 전 올라온 콘서트 라이브 영상이 보였다. 우리가 가지 못한 그날의 영상이었다. 조심스럽게 플레이 버튼을 눌렀다.

3인조 밴드 중 한 명은 키보드, 한 명은 베이스, 나머지 한 명은 보컬이다. 배연이는 그중에서도 보컬을 좋아했다. 한껏 멋을 부린 보컬이 노래를 불렀다. 남지완이 부른 것보다, 또 음원으로 듣는 것보다 훨씬, 훨씬 좋았다. 현장에서 직접 들었다면 아마 더 좋았을 텐데 아쉬운 마음이 들었다. 거기다 평소 관심 두지 않았던 멤버들 각자의 매력이 잘 보였다. 특히 보컬은 수호랑은 완전히 다른 분위기였다. 이제야 배연이가 좋아하는 스타일을 조금 알 것 같았다.

"자, 저희가 콘서트 티켓팅을 오픈하면서 이벤트를 했던 거 아시죠? 여러분들이 느꼈던 그린 라이트, 그 특별한 사연을 받겠다고 했었는데요. 굉장히 많은 분들이 사연을 보내 주셨어요. 그중에 세 분을 뽑아서 함께 읽어 보고요. 저희가 준비한 작은 선물을 드릴까 합니다."

나도 티켓을 예매한 날 밤늦게까지 사연을 적었다. 그 덕분에 새벽 2시에 잠이 들었는데, 여러 일이 터진 바람에 나도 잊고 있었다.

"자, 3등 먼저 발표할게요. 아마 지금 관객석에 와 계실

것 같은데요. 어느 분이실지 궁금합니다. 먼저 사연을 읽어
볼게요."

안녕, 서림 그리고 배연.

우리가 처음 요아비에서 뭉쳤던 날 기억해? 우리 셋은 모두
가 어울리지 않는 조합이라고 했잖아. 나는 가장 밑바탕이
되는 아이스크림이지만 호불호가 강한 민트, 서림이는 깊고
조용하지만 모두가 좋아하는 초코칩이고, 배연이는 어디로 튈
지 모르는 상큼 달콤 라즈베리니까.

근데 이렇게 우리 셋이 섞이면 얼마나 특별한 조합이 되는지
아무도 모를 거야. 난 다른 애들이 모르는 우리 셋 만의 조합
이 너무 좋아. 그래서 언제까지나 영원히 너희하고 함께 지내
고 싶어. 함께일 때 우리는 더 특별할 수 있으니까.

가끔 서로 싸우고 삐지고 서로의 다른 점을 이해 못 할 때도
있겠지만 난 알아. 우리가 이렇게 달라서, 우리가 함께할 수
있다는 걸 말이야. 정서림, 남배연, 나 유민하가 너희 둘을 격
하게 좋아해. 나의 이런 특별한 마음 너희도 알지? 그리고
너희들의 마음도 나랑 같은 거 맞지?

"자, 이런 귀엽고 사랑스러운 사연을 보내 주었어요. 어디

계신가요? 유민하 학생? 손 들어 보세요."

이 영상에 우리 셋은 등장하지 않았다. 아니 그러지 못했다. 보컬은 우리가 나타나지 않아 무척이나 아쉬워했다. 원래 소속사에서 준비한 선물은 사인 CD와 멤버들 사인이 들어간 공식 굿즈 세트였는데, 사연 속 우리의 우정을 응원한다며 멤버들이 따로 요아비 상품권을 준비했다고 했다. 그리고 이 영상을 보면 언제든 소속사에 연락을 달라는 당부를 잊지 않았다.

그런데 나는 내가 보낸 사연이 나를 놀리는 것만 같았다. 그때의 마음은 우리에게 어떤 일이 있더라도 함께일 거라고 했는데, 우리 각자는 달라서 특별하다고 했는데. 그때 사연을 썼던 나와, 지금의 나는 왜 이렇게 달라진 걸까? 우리는 왜 이렇게 멀어지게 된 걸까?

"자, 이 친구들을 직접 만나지 못해서 아쉽지만 꼭 해 주고 싶은 말이 있어요. 저희 멤버 셋이 학창 시절부터 친구였다는 건 다들 알죠? 저희라고 위기가 없었겠어요? 너무 많아서 일일이 다 기억도 못 할 정도라면 대충 아시겠죠?

그런데 이 사연을 읽고 나니 친구 관계라는 게 요아비 그릇 같단 생각이 들었어요. 어떤 걸 넣고 섞느냐에 따라 맛도 달라지고, 어울리지 않을 것 같았던 게 오히려 더 맛있기도 하니까요. 우정이라는 그릇에 어떤 걸 넣어야 할지 유민하 학생과 친구들은 이미 알고 있는 것 같아요. 부디 앞으로도 오래오래 친하게 지내고 즐거운 학창 시절을 보냈으면 좋겠어요."

*

하지만 나는 내 그릇 안에 담긴 것들을 빼고 덜어 내는 데만 익숙해져 있었다. 이미 그릇 안에는 각자만의 특별한 맛을 가진 토핑들이 있었는데도, 한두 번 시도해 보고 아니다 싶으면 곧바로 덜어 냈다. 어떤 건 맛을 느껴 보기도 전에 치워 버리기도 했다. 15초면 충분하다고 믿으면서. 그랬던 나는 이제 어떤 맛도 제대로 느끼지 못한 채, 내 앞에 놓인 텅 빈 그릇만 바라보고 있었다.

댓글을 훑어보니, 우리를 응원하고 좋아해 주는 댓글들만 있었다. 손절을 상담한 글, 저격과 반격이 오간 끝에 달린 댓글과는 온도가 너무 달랐다. 눈가에 방울방울 눈물이 맺혔다.

> ㄴ 요아비 관계자는 보세요. '민초라' 세트 적극 검토 바랍니다. 여자아이 셋의 우정은 지켜져야 하니까요.♡

떨리는 마음으로 댓글을 계속 내려 읽었다. 오래오래 함께할 거라는 말, 가끔 서로가 마음에 들지 않아 속이 상할 수 있지만 그때가 우정을 다질 기회라는 말, 안 봐도 예쁜 애들일 거라는 말에 수십 개의 하트가 눌려 있었다. 상대의 단점이 보일 때, 15초 안에 가위질하지 않으면 내가 바보가 될 거라는 말 따위는 없었다. 그러다 눈에 띈, 조금 전 올라온 댓글 하나.

> 내 카피바라 잘 있니? 보고 싶다. 데리고 와.

간신히 매달려 있던 눈물이 펑펑 흘러내렸다. 내 책상 서랍 속엔 카피바라 두 개가 나란히 놓여 있다. 그리고 또 하나의 카피바라는 서림이에게 있다. 서림이의 카피바라는 어떻게 지내고 있을까? 나 역시 보고 싶은 마음이었다.

*

　오랜만에 요아비에 앉았다. 우리는 늘 통유리 창 너머로 횡단보도가 훤히 보이는 자리에 앉곤 했다. 학원 끝나는 시간이 달라 셋이 모이는 시간도 제각각이었다. 내가 가장 먼저 도착하는 날이 많았다. 배연이는 저 멀리서부터 뛰어오다 신호를 기다리는 동안 손을 흔들었다. 그러다 신호가 바뀌자마자 건너면 위험하다고 말하던 아이는 늘 서림이었다.

　약속 시각보다 조금 일찍 도착한 나는 떨리는 마음으로 통유리 창을 내다봤다. 그러다 가슴이 너무 두근거려 테이블 위에 올려놓은 카피바라를 만지작거렸다. 그러다 언뜻, 창 너머 횡단보도에 누군가 서 있는 것이 느껴졌다.

　간신히 고개를 돌려 창 너머를 바라봤다. 두 사람이었다. 테이블 위엔 두 개의 카피바라가 나란히 놓여 있었다. 초록불로 바뀌자 그 두 사람이 이쪽을 향해 건너오고 있었다. 한 명이 멘 가방에는 테이블 위에 놓인 것과 같은 카피바라가 달려 있었다. 그 카피바라는 짧은 두 다리로 신이 난 듯, 나를 향해 뛰어오고 있었다. 테이블 위에 놓인 두 개의 카피바라가 말랑말랑한 표정으로 그 모습을 지켜보고 있었다.